FABLES

ET

poésies diverses,

PAR

Pacifique BOUSSET.

Prix : 1 fr. 20 c.

A PLANCOET, CHEZ L'AUTEUR,

ET CHEZ LES PRINCIPAUX LIBRAIRES DE LA BRETAGNE.

1860.

FABLES

ET

POÉSIES DIVERSES.

FABLES

ET

POÉSIES DIVERSES,

PAR

Pacifique BOUSSET.

A PLANCOET, CHEZ L'AUTEUR,

ET CHEZ LES PRINCIPAUX LIBRAIRES DE LA BRETAGNE.

1860.

PRÉFACE.

Voici un recueil de Fables, et ce recueil est une œuvre de début. Il ne sera peut-être pas mauvais de commencer par exposer au lecteur comment nous avons compris ce genre, mal défini encore, et comment nous avons entendu remplir la tâche difficile du fabuliste, tâche qui consiste à offrir aux Sociétés des préceptes moraux, des leçons de sagesse. N'en doutons pas, en effet, c'est là tout l'apologue; ce genre est d'origine céleste, et nous ne devons nous attendre à y trouver aucune de ces complaisances coupables qui glissent sur nos imperfections, semblent pactiser, en quelque sorte, avec nos passions, pour séduire le cœur, plutôt que de nous enseigner et de nous aider à les vaincre. L'apologue est surtout l'ennemi des vices ; il les attaque partout, et d'une façon d'autant plus sûre que, dégagé de cet apparat, de cette pompe grandiose de forme qui éblouit les yeux et détourne l'attention du fond, il se présente simple et léger, armé seulement du trait qu'il veut lancer. Quels heureux fruits ne porterait pas un pareil genre, s'il était bien compris, bien senti, s'il était enfin l'objet d'études sérieuses, de profondes méditations ! Mais le bien comprendre ! voilà le difficile.

Et, en effet, que cherche-t-on dans les fables ?

La plupart du temps, même ceux qui ont fait de passables études, n'y veulent voir qu'un petit drame exécuté avec art, ordinairement par des animaux, fiction toute de fantaisie, propre à amuser les loisirs des familles, et surtout à faire rire les enfants. Quelques fabulistes mêmes ne paraissent pas avoir entendu ce genre autrement. Des animaux en scène, semblent-ils dire, et nous avons une fable. Et, là-dessus, s'emparant de quelques-unes des moralités de La Fontaine ou de tout autre, on donne pour nouveauté ce qui n'est qu'un replâtrage futile, une substitution peu heureuse d'idées et de faits sans vraisemblance, à des faits et des idées justes d'où sortait un enseignement pour les hommes, avec la même facilité qu'une fleur sort du bouton qui la renferme. Un tel travail manque de sève, il ne peut porter des fruits utiles aux sociétés, et, pour l'auteur, il ne fait que mettre à découvert l'insuffisance de ses ressources intellectuelles. Il faut avouer que La Fontaine lui-même a mis un peu ses successeurs sur cette voie; on l'a vu revenir sur la même idée, avec d'autres personnages, sans lui donner plus d'étendue, plus de profondeur ni de netteté.

Nous parlions tout-à-l'heure de la vraisemblance, mot qui peut paraître étrange lorsqu'il s'agit d'un petit poème où l'on met en scène des animaux, quelquefois des plantes ou même des corps inorganiques. Cependant la vraisemblance est aussi indispensable dans l'apologue que dans tout autre genre de littérature. Il y aura vraisemblance si l'on représente une personne paisible par un bœuf, si l'âne est mis en scène pour nous peindre l'homme sobre et infatigable. Le loup peut représenter, sans choquer l'esprit le plus délicat, soit un

méchant, soit un tyran, et ainsi du reste. On conçoit
dès lors qu'on ne peut pas amener une colombe pour
offrir à la cigale de partager l'abondance de ses greniers,
elle qui est si dépourvue qu'à chaque saison, elle est,
pour échapper à la famine, obligée de changer de climat.

Si, pour montrer l'effet de ces touchantes et pieuses
liaisons qui existent trop rarement entre les hommes,
on se sert de colombes, mon esprit est satisfait, j'ap-
prouve le choix et l'artifice de l'auteur, car ces oiseaux
ont toujours été le symbole de l'amitié. Mais que, pour
arriver au même but, on mette en scène un lièvre, une
sarcelle, ou tout autre animal, je me ris des vains efforts et de l'artifice de l'auteur. Cela peut être très ingé-
nieusement traité, mais mon esprit, qui n'est touché que
de la vérité, reste insensible et froid à cette image.

Ajoutons enfin que, dans la fable, œuvre éminemment
morale, on doit se mettre en garde contre ces défail-
lances de goût qui, d'une leçon de sagesse, tendraient
à faire une maxime éhontée conduisant droit au vice.
Le mensonge ne peut être toléré, sous quelque prétexte
que ce soit. L'hypocrisie, l'abus de la force ou de l'autorité doivent y être l'objet de la même censure, sans faiblesse, mais aussi sans aigreur. Le ridicule tue, le martyre gagne des partisans aux plus mauvaises causes. Que
sera-ce, si l'on insinue que ce sont les châtiments qui
corrompent les hommes? comme si la faute ne précé-
dait pas toujours la peine qui n'a pour but que d'absoudre
le coupable, aux yeux de la société du moins ; si enfin
le fabuliste, dépouillant toute pudeur, semble préparer
le cœur à une vie de débauche, au libertinage, dont la
pensée seule devrait exciter son indignation? Que,
dans un roman, dans un conte, dans un vaudeville,

on se permette des propos peu mesurés, des peintures que réprouve la décence, c'est fort mal, mais, dans un apologue, c'est un crime.

Maintenant, venons-en à la fable telle que nous l'entendons. Il nous faut ici une bonne définition, c'est-à-dire une définition simple, claire, précise, et la voici :

La fable est une vérité morale rendue plus sensible par une comparaison.

N'en doutons pas, la fable ne consiste pas dans le petit drame qui précède la moralité, mais dans la moralité même. La Fontaine, malgré son peu d'aptitude à traiter cette partie de l'apologue, avouait cependant que « sans cela (sans la moralité) toute fable est une œuvre imparfaite. » M. Pierre Leroux dit aussi que « c'est une leçon de sagesse ; » seulement il ajoute : « donnée directement par la nature, » et c'est ce que nous ne comprenons pas bien.

La comparaison qui doit faire ressortir la vérité est toute comprise dans le petit drame ou dialogue qui précède la moralité. Ce drame doit être exposé avec un tel artifice que celui qu'on veut convaincre ne puisse se douter que c'est de lui qu'il s'agit. Ce fut ainsi que Nathan s'en servit avec David et qu'il l'amena à prononcer contre lui-même. Mais le roi n'en accomplit pas moins son dessein.

Le peuple romain se sépara un jour des patriciens, qu'il regardait comme un corps à charge et sans utilité. Aller leur dire que les patriciens étaient aussi utiles que le peuple, c'était risquer sa vie et compromettre la cause des grands au lieu de la sauver. Menenius ne s'y prit pas ainsi : il va trouver le peuple et lui dit que les bras, révoltés contre l'estomac, parce qu'il ne fait rien, tom-

bèrent bientôt dans la défaillance, dès qu'ils cessèrent
de lui porter la nourriture qu'il demandait. Les Ro-
mains virent la vérité de cette image et déclarèrent qu'il
ne pouvait en être autrement. Menenius put leur dire
alors : « Les bras, c'est vous ; l'estomac, ce sont les
grands. » Le peuple fut convaincu ; il se rendit et rentra
en grâce avec ses maîtres. Les peuples valent mieux que
les rois ; ils ont plus de logique.

Ainsi donc la fable sera l'œuvre d'un esprit droit,
d'un cœur honnête qui, remarquant un vice, une imper-
fection quelconque dans un individu, cherche un terme
de comparaison, l'expose à celui qu'il veut convaincre et
l'amène à prononcer contre lui-même. La fable a, dans
ce cas, la forme la plus simple ; c'est ce que M. Pierre
Leroux appelle la fable primitive. Les arrangeurs vien-
nent après et font un petit poème plein d'attraits de ce
qui fut d'abord un court et simple récit suivi d'une maxime de sagesse. L'œuvre des arrangeurs n'est pas aussi
vaine qu'on le pourrait penser : c'est par eux que la
sentence philosophique, la leçon de sagesse passe dans
la société et profite aux mœurs.

Il y a une autre sorte de fable, c'est celle qui est
comme le fruit des longues méditations d'un homme qui
fait profession d'enseigner la sagesse aux sociétés. C'est
ici surtout que l'art de l'arrangeur n'est pas inutile, car
la fable, en s'adressant aux masses, a besoin de toutes
les séductions de style d'un homme habile dans l'art de
bien dire, pour être supportée par un lecteur auquel
bien souvent elle ne s'applique pas. C'est grâce à l'art de
conter qu'elle frappe son imagination et qu'il peut, à la
place de l'auteur, en faire l'application dans la société.

Nous nous bornerons à ces réflexions : ce n'est cepen-

dant pas tout ce qu'on pourrait dire sur ce sujet. Nous
pourrons y revenir dans un nouveau recueil que nous
nous proposons déjà de livrer au public, dans un court
délai.

PACIFIQUE BOUSSET.

AVANT-PROPOS.

Que suis-je pour oser, dans ces pages frivoles,
Prendre d'un moraliste et la voix et le ton?
Hélas! rien, et chacun dédaigne les paroles
D'un morose rêveur sans crédit et sans nom.

Aurais-je ressenti parfois la douce ivresse
Qu'inspire à des élus le souffle des neuf Sœurs,
Que je ne pourrais rien, non, rien sans la richesse :
Plutus est aujourd'hui le vrai dieu des penseurs.

Des censeurs vont crier : « Eh quoi! toujours des fables ;
Encore des moutons dévorés par des loups. »
— Croyez-moi, nos malheurs seraient bien supportables,
Si ce fait n'existait qu'en fables parmi nous.

Mais l'humble souffre, hélas! il vit dans les alarmes,
Et l'on prend avec lui d'arrogantes façons.
Des uns voyant l'orgueil, et des autres les larmes,
J'ai trouvé dans mon cœur ces modestes leçons.

Si, comme ces savants dont s'honore la Grèce,
Préféré par le Ciel entre tous les humains,
J'avais reçu de lui le don de la sagesse,
Je la voudrais partout répandre à pleines mains.

. Mais ma voix n'eut jamais cette vertu féconde
Qui, pour le moindre effort, sait opérer le bien,
Je parle sans prétendre à réformer le monde,
Trop heureux, servant peu, que je ne nuise à rien.

FABLES

ET

POÉSIES DIVERSES.

LE LION.

Lions sont animaux nobles et généreux,
    Fiers, hardis en toute entreprise,
    Toutes qualités que l'on prise,
    Par quoi l'homme serait heureux
De pouvoir remplacer sa ruse, sa couardise.
    On dit qu'avec l'homme, autrefois,
    Il vivait sans noise et sans guerre;
    Mais celui-ci, dissimulé, narquois,
    Faible et craintif et pourtant téméraire,
    Cruel avec un air bénin,
Voulait faire passer ses défauts pour adresse,
    Pour prévoyance et pour sagesse;
Et s'il savait au monde un être aussi malin
    Qu'il se fait voir dangereux, inhumain,
    Il en voudrait exterminer l'espèce.

Ce commerce à la fin au lion ne plut pas :
    « Ami, dit-il, l'iniquité me fâche ;
De tout être connu, je te tiens le plus lâche,
Et sur nous cependant tu veux prendre le pas.
Je ne le puis souffrir ; il nous faut, dans ce cas,
    Sans différer nous partager le monde.
Moi, je cours au désert habiter loin de vous,
Chercher une retraite et paisible et profonde,
Mais n'y venez jamais, ou craignez mon courroux. »
Il partit, détestant nos injustes caprices,
Tandis qu'on le verrait encore parmi nous
    S'il avait eu nos vices.

    L'homme sage ici-bas
    A ce lion ressemble ;
Les vertus qu'il fait voir et que nous n'avons pas
    Font que nous vivons mal ensemble.

FABLE II.

L'ANE ET LE CHIEN.

Il se trouvait un âne en certaine maison ;
C'était un serviteur sobre, utile, paisible.
Avait-on à porter quelque fardeau pénible,
On en chargeait le dos de ce pauvre grison.

Colin ne lui donnait ni fête ni relâche ;

Toujours traîner, porter, toujours nouvelle tâche ;

On le faisait toujours valser du même ton,

    C'est-à-dire à coups de bâton,

S'il faisait le rétif, montrait quelques caprices ;

    Puis, pour prix de si beaux services,

Il couchait sur la dure et mangeait du chardon.

    Il avait aussi pauvre mine ;

      Les flancs creux, maigre échine,

    Cou long, dos galeux et pelé,

      Il sentait plus le bâton que l'étrille :

C'était le gagne-pain de toute la famille,

Et vous voyez comment il était régalé.

Il se trouvait pourtant dans la même demeure

    Où travaillait, peinait, jeunait, souffrait

      Ce pauvret,

Un inutile chien qui venait à toute heure

    Baiser le maître et le flatter.

Puis c'étaient les enfants, puis c'était la maîtresse,

·Et voilà tout le soin qu'on lui pouvait compter ;

    Néanmoins, pour sa gentillese,

    Son air câlin et sa souplesse,

Il attrapait un os, même quelque lopin

    Ou de viande ou de pain,

Lorsque c'était gala, quand on était en fête ;

    Et quoique en pauvre lieu,

Il savait, le rusé, si bien mener son jeu,

Qu'il avait l'embonpoint d'une personne honnête.

L'âne, qui voyait tout, en était fort jaloux.

Un jour qu'ils se trouvaient ensemble,

Il dit au chien : « Il me semble, entre nous,

Que votre sort au mien nullement ne ressemble ;

Je jeûne en travaillant; bons repas sont pour vous

Qu'on ne voit jamais rendre

Aucun service, ou c'est un grand hasard ;

Mais, pour vous faire aimer, vous avez certain art,

Certain secret, il faudra me l'apprendre.

— D'accord, fit le chien aussitôt,

Et ce secret est simple et bien facile :

Les hommes sont des fats, des faquins, et mieux vaut

Les flatter que leur être utile. »

FABLE III.

LE LION, LE TIGRE ET LE FAON.

Un tigre voisin d'un lion,

Et ce lion, la bonté même,

Certain jour, par un faon, imprudent avorton,

Se virent insultés d'une étrange façon;

Les voilà tous les deux d'une colère extrême.

    Le tigre dit : « Poursuivons ce gredin

      Et châtions son insolence. »

Notre couple à l'instant sur ses traces s'élance,

Et sous leurs pas hâtés disparaît le chemin,

Le lion cependant, tout en allant bon train,

Sent bientôt dans son cœur renaître la clémence :

« A quoi bon, disait-il, poursuivre ce pauvret ?

    Je plains, pour moi, sa nature débile.

Pardonnons, ce n'est point un précepte futile,

Mes pères m'ont appris qu'on n'en a point regret. »

Le tigre, s'élançant d'une course légère,

Disait, lui : « Pardonner ! je ne suis pas si sot,

      Et quel serait le téméraire

      Qui ne braverait ma colère,

    Si celui-ci n'est puni comme il faut. »

Ce disant il courait, mais c'était à sa perte ;

Sous leurs pas se trouvait une fosse entr'ouverte,

Funeste invention d'un perfide chasseur ;

      L'ais qui couvrait son ouverture large,

      Devait, cédant à la plus faible charge,

Engloutir la victime avec son oppresseur.

Tel arriva le coup. Sur ce léger ouvrage,

De gazon recouvert et presque sans appui,

      Le fugitif imprudemment s'engage,

L'ais cède, le faon tombe et le tigre avec lui :

Le voilà prisonnier, ce n'est pas grand dommage.

Le lendemain, quand Guillot arriva,

Il trouva deux bêtes pour une.

C'était double profit, c'était double fortune :

Le tigre assez mal se trouva

De sa haine, de sa rancune.

Puisse de même être puni

Quiconque au moindre affront rougirait de survivre ;

Pardonner à son ennemi

Vaut mieux parfois que le poursuivre.

⁂

FABLE IV.

—

LE ROCHER ET LE TORRENT.

Au milieu d'un torrent rapide,

Par un orage en un instant grossi,

S'élevait un rocher dont la masse solide

Ne prenait nul souci

Des vains efforts de l'élément liquide.

Le flot cependant mugissait

Et contre le roc bondissait.

Dans son courroux, pour tant de résistance,

On eût dit qu'il voulait sous ses eaux engloutir,

Disperser, perdre, anéantir

Celui de qui l'orgueil méprisait sa puissance.

Le rocher calme, insensible à ce bruit,

Tandis que contre lui le torrent se déchaîne,

Le blâme et reprend de sa peine :

« C'est, lui dit-il, prendre un soin tout gratuit

Que de me vouer tant de haine.

Que t'ai-je fait, pauvre insensé,

Pour te donner tant de colère ?

Reprends tes sens et considère

Que tout ce fiel contre nous amassé

Ne peut rien faire ;

Ne compte pas pouvoir me renverser,

Inutile à ce but que ta fureur tende,

A côté tu peux bien passer,

La place est pour nous deux, il me semble, assez grande.

D'ailleurs contre moi seul tu luttes sans repos,

On ne te voit jamais mugir contre la vase ;

Tu passes par-dessus, la flattes à ma base

Ou la roule parmi tes flots,

Et contre ces sales dépôts,

Jamais le moindre bruit tu ne nous fis entendre.

N'y verrais-tu rien à reprendre ?

Enfin d'où vient, à quel propos

Être envers l'un si dur, envers l'autre si tendre ?

— C'est que, dit le torrent,

Tu résistes à mon courant,

Le gêne et le défie;

La vase, dans mon long circuit,

Sous mes eaux s'abaisse ou me suit,

Je la mène, en un mot, tout à ma fantaisie.

Ce petit trait peint bien des gens,

Brames, visirs, gros boyards exigeants,

Qui veulent sous leurs lois, sans délai, qu'on se range;

Persécuteurs ardents de tout homme de bien

Qui devant eux prend un digne maintien,

Ils font la paix avec la fange.

FABLE V.

—

LE LIMAÇON ET LE VER A SOIE.

Autrefois un gros limaçon,

Sur un chou vert, pour lui fameuse proie,

Fit rencontre d'un ver à soie

Qui lui parla de la façon :

« Ami, sur cette feuille dure,

Dont je ne puis goûter, j'expire de besoin;

Non loin de nous, voyez-vous dans ce coin

D'un mûrier la tendre verdure?

Oh ! si vous m'y portiez, sachez que votre soin

    Serait payé bientôt avec usure.

      Je sais tirer de ma nature

      Un élément si précieux

      Que les plus grands princes du monde

    De s'en vêtir seraient tout glorieux,

    Et j'enrichis quiconque me seconde.

      — Grand prometteur, homme de rien,

Reprit le limaçon, d'un ton plein d'importance,

Le chou ne vous plaît pas ! voyez la suffisance !

      Quand nous nous en contentons bien.

      Tous les jours j'en mange et profite,

      Aussi vois comme je suis gras,

      Et je serais bien mieux si mes repas

      N'étaient troublés par l'engeance maudite

      D'hommes pervers qui veulent mon trépas.

Croyez-moi, vos désirs sont d'une tête vaine,

Vous peuvent préparer une bien triste fin ;

      Il faut manger ce qu'on a sous la main,

      Le trouver bon ou vivre dans la gêne. »

Il dit vrai. Sur le chou se traînant avec peine,

Le vermisseau mourut et de froid et de faim.

      Du monde telle est la sagesse,

      La justice et le bon esprit,

      Souvent l'homme utile périt

      Où l'homme nuisible s'engraisse.

FABLE VI.

—

LE RÉVERBÈRE.

Dans un village de province,

Au coin d'une place sans nom,

Etait un réverbère, éclairage assez mince,

Et cependant en grand renom

Dans le canton

Dont il se voyait la première

Et presque la seule lumière.

Un jour arrivent des maçons,

Manœuvres, travailleurs de toutes les façons,

Munis des instruments qui leur sont nécessaires,

Règles, compas, équerres,

Bêches, pioches, jalons.

D'abord on dresse, l'on aligne,

Puis, dans l'endroit que le chef leur désigne,

Ces ouvriers montent en quelques jours

Une sorte de pyramide

Haute et solide

Autant que les plus belles tours :

« Que veut dire ceci ? murmurait en lui-même

Le soleil du quartier ;

On veut, je crois, par ce nouveau système,

Anticiper sur mon métier.

L'impudence est extrême !

Quoi ! l'on oserait devant moi

Mettre un feu, me réduire en un rang secondaire !

Oh ! non, ou nous verrons pourquoi.

J'irais certes me plaindre au maire,

Plutôt que de souffrir qu'on m'ôte mon emploi. »

Cependant, au sommet de notre tour construite,

On plaçait, aux clameurs des badauds éblouis,

Le buste en marbre blanc d'un seigneur du pays,

D'un grand cité partout pour son rare mérite,

Mais par qui cependant, dans les plus sombres nuits,

Nulle lueur ne fut produite :

Bien loin de là, l'étourdi, l'étranger,

Manants, bourgeois et gens de toute classe,

Auraient été fort en danger

D'aller en heurter la masse

Si le fanal mis pour les diriger

Ne leur en eût fait voir la place.

« Ho ! dit alors celui

Qui pour ce vain travail avait pris tant d'ennui,

Je ne dois pas craindre un tel adversaire,

Loin de me nuire il me rend nécessaire :

Tous ceux qu'en si haut poste on élève aujourd'hui

Ne sont pas, je vois bien, des foyers de lumière.

FABLE VII.

LE SEIGNEUR ET LE MOINE.

Un grand seigneur, homme riche et puissant,
Esprit sain, fort bonne cervelle....
C'est d'autrefois que je parle, on le sent,
Aujourd'hui cette race est bien loin d'être telle.
Le noble était alors presque sans préjugé,
Il prenait bien souvent la gaîté pour devise;
Chez eux tous les plaisirs étaient chose permise,
En dépit des cris d'un clergé
Les menaçant des foudres de l'Eglise.
Ce temps n'est plus,
L'anathême n'est point un péril qu'on affronte....
Au surplus, laissons-là cette casté d'élus
Et revenons à notre conte.
Or, le seigneur dont j'ai parlé plus haut
Se mit un jour en tête
De donner une fête
A ses manants, peuple bon, mais rustaud,
Qui lui vouait une amitié parfaite.
Du château, pour ce jour à bon droit souhaité,
La grande salle est préparée;

Le soir venu, l'on vit de tout côté

La foule se presser, par la fête attirée,

Et, dans la pièce décorée,

Mille flambeaux répandaient la clarté.

Vous raconter la grâce, l'élégance

De chaque objet serait trop long et superflu,

Vous saurez seulement que jamais on n'a vu

Plus d'attrait, d'enjouement, avec plus de décence.

Un cafard cependant à l'humble contenance,

Au maintien composé, dans son âme trouvait

Que la jeunesse s'observait

D'un œil rempli de trop de complaisance.

« On voit trop clair, disait-il, et je pense

Qu'on pourrait supprimer bon nombre de flambeaux.

Un si grand luxe de lumière

N'est point chose ordinaire

Dans les humbles hameaux

Où vit la classe mercenaire.

Eteignez, éteignez. » Le maître s'y soumet;

Il commande, et soudain son ordre s'exécute;

De ces flambeaux un diligent valet

Eteint presque le quart en moins d'une minute.

Ce ne fut pas assez au dire du cafard :

Et ces simples, charmantes filles,

Que l'éclat des flambeaux, peut-être un peu de fard

Le bruit et le plaisir rendaient si fort gentilles,

Des jeunes gens enflammaient le regard.

Ce fut du moins ce qu'allégua le sire.

Nul n'est à cet avis obligé de souscrire,

Et je m'en abstiens pour ma part.

« Eteignez! éteignez! » s'écriait-il encore.

On éteignit. Fut-il plus satisfait?

Non; de nouveau notre moine déplore

Ce jour en pleine nuit dont le funeste effet

Est d'allumer au cœur une ardeur importune.

« Eteignez! éteignez enfin tous ces flambeaux

C'est assez, dit-il, de la lune

Pour éclairer les jeux de ces badauds.

— Il suffit, répartit le maître,

Qui jusque-là n'avait dit mot :

Je vois que vous comptez, avec cet air dévot,

Faire toute splendeur de ces lieux disparaître ;

N'y comptez pas. Quoi! docteur scrupuleux,

Vous trouvez tout déplacé, scandaleux,

Et vous voulez, pour mesure dernière,

Nous mettre sans y voir au plus fort de nos jeux !

L'amorce est trop grossière !

Vous ne serez plus écouté,

Car pour moi j'aime la lumière,

Et qui cherche l'obscurité,

A mon avis, n'a rien de bon à faire. »

Heureux, du premier coup s'il s'était contenté.

Hommes qui condamnez les beaux-arts, l'industrie,

Vrais flambeaux pour l'esprit humain,

Voilà votre portrait ; d'un peu de momerie

Vous prétendez cacher votre dessein ;

On sait bientôt ce qui fait votre envie.

FABLE VIII.

—

LE RUSTRE ET LA STATUE.

Une colossale statue,

Des bruits d'alors seule sujet,

D'une colonne occupait le sommet,

Et s'élevait assez haut dans la nue.

Le travail en était admirable, parfait.

D'en bas pourtant, l'œuvre susdite

Ne paraissait qu'un médiocre objet,

L'éloignement en détruisait l'effet,

On l'aurait crue assez petite.

Un rustre, un badaud, sot richard,

Lequel cherchait, d'un air de suffisance,

A déguiser son ignorance,

Et paraissait se croire, à tout égard,

Un personnage d'importance,

S'écriait un jour en passant :

« Quoi! voilà donc le travail important

Dont j'eus cent fois la cervelle obsédée ?

Cette statue a-t-elle une coudée?

Cela vaut bien, certes, d'en parler tant.

— Pour en juger, se prit à dire

Quelque sage, témoin des airs de ce frondeur,

Votre dédain ne peut suffire :

Il faudrait être à sa hauteur. »

Du talent dont l'orgueil s'irrite,

Nous avons ici le tableau ;

Ce procédé n'est pas nouveau :

On se croit grand, on siffle le mérite.

FABLE IX.

—

L'HOMME VICIEUX ET LE SERPENT VENIMEUX.

Certain muguet encor dans le jeune âge,

Et cependant déjà fameux

Par ses excès et son libertinage,

Rencontre un jour un serpent venimeux.

Comme il n'en savait rien, il le prend, le caresse ;

Le serpent endormi, d'abord entortillé,

Puis, soudainement réveillé,

Se développe, se redresse,

Mord notre imprudent et le laisse

Tout sanglant et souillé

D'une bave écumeuse,

Infecte et venimeuse.

Le muguet, courroucé de cette trahison,

Lui dit alors : « Maudite bête,

Tu mériterais bien qu'on t'écrasât la tête,

Pour répandre ainsi ton poison

Sur qui ne te maltraite. »

Le serpent répartit :

« Ne sois si transporté

Pour cette légère souillure;

Du vice dont ton cœur fut toujours infecté,

N'as-tu pas, toi-même, gâté

Cent fois par ton abord la vertu la plus pure;

Souffre en moi ce que tu fais bien,

Je suis en tout l'instinct de ma nature,

Et mon poison n'est pas pis que le tien. »

FABLE X.

—

LA VIORNE ET LE CHÊNE.

Autour d'un moyen chêne à l'écorce fort dure
S'entortillait un flexible arbrisseau,
C'était la viorne ; on sait qu'à l'aventure,
Elle serpenterait sur la terre en monceau
S'il lui manquait l'appui de quelque baliveau
Pour soutenir sa débile nature.
Bien rarement d'un tel support
Une forêt est dépourvue,
Aussi notre arbrisseau s'élevait vers la nue
En serrant de plus en plus fort
Le chêne qui lui dit d'un air de railerie :
« A quoi bon, je vous prie,
Tant d'efforts pour vous élever ?
Allez, allez, restez à terre,
Ne sortez point de votre sphère,
Si vous ne voulez éprouver
Le triste sort d'un esprit téméraire.
Votre faiblesse étonne vos amis ;
Vous n'avez qu'un instant à vivre,

Ne comptez pas pouvoir me suivre

A travers les temps infinis.

C'est en vain de vos bras que je me sens étreindre,

De lâcher prise ils se verront forcés ;

Dans la grosseur que mon tronc doit atteindre,

Je saurai rompre assez

Les anneaux dont vous m'enlacez,

Et de vous je n'ai rien à craindre. »

Pendant tout ce débat l'arbuste ne dit rien,

S'attache ferme à son soutien,

A ce tuteur peu débonnaire ;

Plus l'arbre grossit et s'étend,

Et plus la viorne le serre,

Se rit, au moins pour un instant,

Des efforts de son adversaire ;

Bref, elle en meurt : c'est toujours l'ordinaire

Que le faible cède au plus grand.

Mais on voyait sur l'écorce du chêne

Un creux profond aux sinueux contours,

Tracé par cette plante vaine,

Et ce creux on le vit toujours.

Tels on voit s'attacher la vertu, le génie

Au siècle qui les méconnaît ;

En vain il les repousse, en vain il les renie,

Il en portera le cachet.

FABLE XI.

L'OISEAU DU PARADIS ET LA SALAMANDRE.

L'oiseau du paradis, tout fier de sa parure,
Se balançait un jour sur de sveltes roseaux.
On sait qu'il a reçu des mains de la nature
    Plus de beauté que les autres oiseaux :
Eclat, vivacité, forme très gracieuse,
Voilà les agréments qui nous le font chérir ;
Pour nous la moindre plume en serait précieuse ;
Aux Indes pour l'oiseau l'on nous verrait courir,
    Si l'apporter n'était chose douteuse.
De bambous en bambous voltigeant, notre oiseau,
    Du pied de l'un, penché vers l'herbe humide,
Voit remuer, marcher, enfin sortir de l'eau
    Un être affreux, inerte, lourd, stupide,
N'ayant rien pour cacher sa peau d'un blanc livide,
    Et, pour ne pas frémir à ce tableau,
    Il fallait n'être pas timide.
    Or, pour preuve que je ne veux
    Ni vous tromper ni vous surprendre,
L'être que je vous peins le moins mal que je peux,
    C'était la salamandre ;

Il est, vous le savez, de ceux
Sur la laideur desquels on peut fort loin s'étendre.
Quoi qu'il en soit, de son bambou,
Et rempli d'une humeur dont il n'est pas le maître :
Malheureux ! dit l'oiseau bijou,
En cet état oses-tu bien paraître ?
Toi, le plus dégoûtant que l'on puisse connaître.
Oh ! fuis en quelque trou;
Va vite cacher ta misère
Au fond de ce marais fangeux,
Car tu me sembles trop hideux
Pour mériter que le soleil t'éclaire.
— Point tant de morgue, s'il vous plaît,
Répondit l'habitant du bourbeux marécage,
La main qui de rubis chargea votre plumage
M'a pétri comme vous; elle m'a fait fort laid,
Vous beau; gardez cet avantage,
Jouissez sans orgueil de ce rare bienfait :
Insulter au malheur est cruel et peu sage.
Je n'ai beau corps ni beau ramage,
Mais, pour vous ressembler, je ne fais nul souhait.
Que puis-je désirer ? J'ai ce qu'il faut pour vivre
Dans ce marais où le Ciel m'a placé;
J'y trouve le repos, j'y peux braver le givre;
Je dors heureux sous son cristal glacé. »

Pour moi, je ne saurais qu'admirer sa sagesse :
L'utile, c'est assez, que voulons-nous de mieux ?
  Gardons-nous bien d'importuner les Cieux
  Pour obtenir soit grandeur, soit richesse ;
Mais n'allons pas surtout, de quelques dons épris,
  Vains, orgueilleux, couvrir de nos mépris
  La difformité, la détresse.

FABLE XII.

—

LES DEUX JEUNES FILLES ET LE MIROIR.

  Une fille du plus bel âge,
  D'ailleurs ravissante d'attrait,
Et, s'il se peut (ce point n'est pas sans intérêt),
  Encore moins belle que sage,
  Dans un miroir lisait ses traits,
  Les traits de son gentil visage.
Elle n'y semblait mettre aucune intention,
  Aucun dessein, aucune complaisance,
Ce qui ne l'empêchait, comme bien on le pense,
D'en ressentir un brin de satisfaction.
  Elle en était un jour à sa toilette,
Dans son appartement une sœur se trouvait ;

A l'égard du miroir, celle-ci, plus discrète,

    Nullement ne s'y observait.

    Sous une feinte pruderie,

    Elle en détournait le regard,

    Rougissait, si, par grand hasard,

Elle y voyait son front. Etait-ce modestie?

    Non, s'il faut vous parler sans fard.

Voici tout le secret : cette fille était laide.

    Pour sa toilette, emprunter l'aide

    D'un instrument qui peignît sa laideur,

    N'eût pas été, je crois, un bon remède

    Pour contenter l'amour-propre et le cœur.

    Tout chez elle était donc prudence,

Désir de se tromper, utile prévoyance,

    Et non pas timide pudeur.

L'histoire, à bien des gens, n'est pas moins odieuse;

Un mot de vérité les met au désespoir;

Leur autorité fut perverse, astucieuse....

N'allez pas à ces gens présenter le miroir !

FABLE XIII.

—

UN PÈRE ET SON FILS.

Un père avait un fils....
— Il n'est rien là que de fort ordinaire.
— Sans doute, aussi je ne suis point d'avis
De vous forger un conte imaginaire.
Le vrai, sans que nous le forcions,
Est rempli d'utiles leçons
Dont le sage se montre avide;
Un détail simple, ingénieux,
Pour nous instruire vaut bien mieux
Qu'une merveille insipide.
Ce fils avec son père un jour se promenait,
Quand à leurs yeux tout-à-coup se présente
Une demeure élégante
Qu'un grand du pays construisait.
Ce n'était point un logis ordinaire,
Mais un château
Vaste et fort beau,
La gloire du pays et du propriétaire;
On le pouvait en tous sens parcourir

Sans avoir à se prémunir
D'une permission rarement déférée.

L'ouvrage étant loin de finir,

Rien n'en fermait encor l'entrée.
Le couple voyageur dont plus haut j'ai parlé
Entre à franc étrier dans le parc qu'il visite ;
Je dis le parc, si tel il peut être appelé,
Quand seule une tranchée en marque la limite.

On fait ainsi du logement,

On parcourt chaque appartement,
On admire, on convient que c'est une œuvre unique,

Rien n'est fini, mais on voit aisément
Qu'une fois achevé, tout sera magnifique.

« Nous reviendrons dans un autre moment,

Dit le fils dans sa joie extrême.
— Volontiers, fit le père, espérant en lui-même
En tirer pour son fils un bon enseignement.
A quelque temps de là père et fils s'achemine

Vers le château ; leurs pas furent déçus ;
L'ouvrage étant fini, personne n'entrait plus ;
Le père s'en doutait, il n'en fit pas la mine,
Mais le fils en était désespéré, confus.

Dès qu'il vit son trouble paraître,
Le père fit :

« Ainsi, mon fils, est notre cœur,

Ingénu, franc, étranger à l'erreur,

Jeune, chacun le peut connaître,
Chacun y peut descendre en toute occasion ;
Mais bientôt l'intérêt, une vaine prudence,
Une fausse pudeur, l'orgueil, l'ambition,
Une impie éducation
Nous en ferment l'accès, en gâtent l'innocence ;
Nul ne peut plus y pénétrer :
C'est de nos jours un vice qui nous ronge ;
Veux-tu que dans le tien toujours on puisse entrer ?
Fuis surtout, mon cher fils, oh ! fuis bien le mensonge.

FABLE XIV.

—

L'OURS ET LE CHIEN.

Un vieil ours en certain pays
Fit rencontre d'un chien à qui ce ne plut guère :
Vous n'en serez point ébahis,
Sachant que de tous temps ours et chien sont en guerre ;
Patelard, m'a-t-on dit, était le nom du chien ;
Dans cette occasion, Patelard comprit bien
Qu'il devait faire aimable contenance ;
Il se mit donc en belle humeur,
Parla d'accord, de paix, surtout de déférence
Pour cet ours qu'il nommait son maître, son seigneur.

On sait qu'il n'est rien de tel que la peur
Pour nous donner et souplesse et prudence.
    « Ami, lui dit-il, comme toi,
Je fuis en ce désert l'injustice du monde ;
    Leur tyrannie et leur mauvaise foi
M'ont inspiré pour eux une haine profonde.
    Si vous daignez me recevoir
    Dans votre auguste compagnie,
Je veux, de l'amitié remplissant le devoir,
Demeurer avec vous le reste de ma vie. »
    L'ours est un esprit froid, rêveur,
    Philosophe, profond penseur,
Mais droit, sincère, il ignore la ruse :
Dans la plus simple affaire, on voit assez souvent
    Un homme réputé savant,
    Qu'à son profit un fat abuse.
Ainsi notre ours crut ce conteur cagot :
« Partagez, lui dit-il, la fortune du pot ;
Dans ce creux de rocher, vous voyez mon ménage ;
Entrez, lit et couvert sont mis à votre usage :
Je ne puis vous offrir de mets délicieux,
    Je vis de peu ; mais que faut-il au sage ?
Le vivre et le couvert, les grands n'ont rien de mieux. »
    Lors Patelard le doucereux
Dit que le tout était très confortable,
Très suffisant ; il entre, et l'on eût cru qu'entre eux,

De là naîtrait une amitié durable.

Il n'en fut point ainsi. Je ne sais quel hasard

>Mit des chasseurs dans la contrée,

>Et soudain Monsieur Patelard

>D'oublier l'amitié jurée.

Il court à ces chasseurs, devient souple, câlin,

Ose les caresser et leur baiser la main ;

Ce monstre, retrouvant son naturel servile,

>Fut ingrat envers l'amitié ;

>De son hôte il trahit l'asile,

Méconnut ses bienfaits, fut pour lui sans pitié.

J'ai vu des trahisons encore plus coupables,

On en a malgré soi le cœur tout indigné ;

Autant vaut cependant se montrer résigné

Et plaindre seulement de pareils misérables.

FABLE XV.

LE VIEUX LABOUREUR.

>On sait assez que, de tous temps,

>La morose vieillesse

Se plaint à tout propos des défauts éclatants

>Et des vices de la jeunesse.

Mais, hélas ! ces excès qu'on nous voit réprouver,
De nos soins sont la récompense,
Un apologue va prouver
Cette vérité que j'avance.

Certain vieillard, d'un esprit d'ailleurs sain,
Soit par humeur, soit par caprice,
Ou peut-être par avarice
Ne voulait pas semer le meilleur de son grain.
« Bah ! disait-il, il suffit qu'il pourrisse,
. Par un bon temps, en assez bon terrain,
Pour que ma grange se remplisse
De gerbes au mois d'août prochain. »
Du vieillard pour le coup se trompa la sagesse ;
Le champ ne put payer avec largesse
Les soins qu'à cultiver le brave homme avait mis ;
Et quand vint la saison nouvelle,
Loin des biens qu'il s'était promis,
Il vit, sur une tige grêle,
Croître les plus chétifs épis.
Ceci de notre ancien trompa bien l'espérance,
Mais il comprit surtout son ignorance,
En voyant dans le champ voisin
Des épis longs comme la main,
Et, d'une ample moisson, la plus belle apparence :
« Celui-ci, se dit-il, a semé le bon grain,
Je le sais et j'en vois toute la différence. »

Or, ce que j'entends par semence,

C'est l'éducation que l'on donne aux enfants,

Et je me suis servi de champs

Pour vous peindre l'intelligence ;

Ce fonds est excellent, mais souvent négligé,

Ou, sans s'en mettre en peine,

On y répand bonne, mauvaise graine ;

Aussi, de cette erreur le retour obligé,

D'une heureuse moisson c'est que l'attente est vaine.

Le sol a fait pour nous ce qu'il a dû

Et nous ne le pouvons blâmer sans injustice,

Car on ne peut, semant le vice,

Récolter la vertu.

FABLE XVI.

—

LA NATURE ET LE HIBOU.

La nature était plongée

Dans un deuil qui l'accablait ;

Des suites de la lutte à cette heure engagée,

On aurait dit qu'elle tremblait.

Les songes vains troublaient l'esprit imaginaire,

Et l'on n'entendait sur la terre

Nul mouvement, nul bruit ;

Muet était l'écho, la plaine solitaire,
    Pour dire tout, il était nuit.
Un hibou s'élançant de ses retraites sombres,
    Satisfait de revoir les ombres,
    Pousse un cri qui perce les cieux :
    « Peux-tu bien, lui dit la nature,
      Te montrer si joyeux ?
      Quand rien ne nous assure
      Si jamais nous pourrons revoir
      Le soleil disparu ce soir :
Ce malheur est pour toi comme pour nous à craindre.
    — A craindre ? soit ; mais je ne peux m'en plaindre ;
Il m'importune trop de son superbe éclat.
      Une nuit bien épaisse
      Où nul objet n'apparaisse,
      Du moins ne se reconnaisse :
Voilà ce dont je suis fort délicat.
    Pour votre importune lumière,
    Qu'elle aille, éternelle courrière,
    Eclairer quelque autre climat.
    Bien loin qu'après elle j'aspire
      Et que je désire
      Revoir le jour,
Je ferai volontiers le plus beau sacrifice
    Pour me rendre la nuit propice
Et du soleil éloigner le retour.

— Que vous a-t-il donc fait? — Il me blesse la vue;
Puis, dès qu'à l'horizon sa flamme est aperçue,
        Chacun me poursuit en tous lieux
Poussant autour de moi des cris séditieux.
        Mes goûts, ma forme singulière
        Font qu'on me traite en loup-garou,
        Il me faut, tapi dans un trou,
        Demeurer la journée entière.
— Je vous entends, on ne peut mieux parler :
        C'est l'intérêt seul qui vous guide.
        Vous voulez, censeur intrépide,
        A vos désirs voir tout aller,
        Tout servir votre goût cupide,
        Dût le reste s'en désoler.
Ecoutez-moi, changez de mœurs et de langage,
Ne vous faites point voir avec cet air bourru,
        Et l'on pourra souffrir votre visage,
L'obscurité, chez nous, est un bien peu couru,
        Mais la lumière est délices du sage. »

Je dirais bien sûr qui fut taillé le portrait
        De ce hibou que la lumière afflige,
Mais je doute, après tout, que cela les corrige :
De ceux qui l'ont tenté, nul encor ne l'a fait.
        Dans leur chagrin, laissons-les donc tranquilles :
        Vous êtes d'ailleurs trop habiles
        Pour ignorer quels gens frappe ce trait.

FABLE XVII:

LES OISEAUX VOYANT LA MOISSON BELLE.

C'était vers la saison nouvelle,

Et la récolte, dans les champs,

Ne se montra jamais plus belle.

Petits oiseaux saluaient dans leurs chants

De tant de biens l'opportune abondance ;

Mille concerts s'élevaient dans les cieux,

Rendaient hommage à la puissance

De Celui dont la bienfaisance

Se montrait si bonne pour eux.

Chantons, semblaient-ils se dire ;

Que sa bonté nous inspire,

Le ciel vient à notre secours ;

Notre misère est finie,

Chassons la mélancolie,

Ne songeons plus qu'à nos amours.

Pullulons, Dieu nous l'ordonne,

C'est pour cela qu'il nous donne

Tant de biens,

La perte de ce qu'il fait naître

Ne saurait être

Dans l'ordre de ses desseins :
Ils disaient ; et soudain par couple l'on s'allie,
On croît, on multiplie,
Rien ne semblait devoir altérer leur bonheur ;
Cependant qu'ils comptaient sur des biens sans mesure
Sur cette moisson déjà mûre,
Passait la faux du moissonneur.
L'homme amasse,
Il a peur de manquer ;
Son avarice entasse
Et ne songe qu'à trafiquer.
Puis du pauvre, à prix d'or, il vend la nourriture,
Spéculer sur sa faim est son unique loi ;
Au Dieu qui s'intéresse à toute créature,
Prend soin de les vêtir, leur fournit la pâture,
Dès longtemps il n'a plus de foi.
Les oiseaux sur ce point nous passent en sagesse,
Ils vivent sans soucis, au seul plaisir livrés ;
L'avare, craignant la détresse,
Entassait donc ces biens du sol fécond tirés,
Et l'on ne trouvait plus, d'une immense richesse,
Que de rares épis dans les champs égarés.
Puis vint le froid pour surcroît de misère ;
Aux petits des oiseaux la faim se fit sentir,
Et, loin d'avoir un destin plus prospère,
L'infortune sur eux semblait s'appesantir
Autant et plus que d'ordinaire.

Petit peuple, voilà ton sort.

Que le sol soit fécond, ou qu'on le laisse en friche,

Garde d'en faire éclater nul transport,

Non, ce n'est point pour toi qu'il est d'un tel rapport,

Il ne produit que pour le riche.

FABLE XVIII.

—

L'AIGLON ET L'ŒUF.

Sur ses œufs un aigle couvait,

Et l'embryon qui s'y formait,

A peine encore perceptible,

Grossissait pourtant, grandissait

D'une manière fort sensible.

Bientôt notre futur aiglon,

De plus en plus serré dans ce petit espace,

Se débat et menace

De forcer sa prison

S'il n'a plus large place.

Lors il frappe le mur

D'un bec délicat et si tendre

Que mille coups pareils, l'objet fût-il moins dur,

N'auraient pas suffi pour le fendre.

Le sapeur se rendort un instant apaisé

Et par cet effort épuisé.

Bientôt pourtant il recommence,

Mais le rempart qui lui fait résistance,

Croyant bien ses efforts au moins hors de propos,

Lui dit en confidence

Ces mots :

« Pourquoi te donner tant de peine,

Et chercher à me démolir ?

A chaque coup je sens ton bec mollir,

Je suis pour moi d'une trempe plus saine.

Je résiste à tes coups, ris de tes vains transports ;

A ta captivité tu ne peux mettre un terme,

C'est trop peu que de tels efforts

Pour transpercer le ciment qui t'enferme.

— Nous verrons, dit alors le jeune audacieux, »

Qui roulait déjà dans sa tête

Mille projets de planer dans les cieux,

De s'élever plus haut que la tempête :

Il s'accommodait peu de rester en ces lieux.

Aussi, par un effort suprême,

Il se réveille, il frappe, il frappe encor ;

Il voit le jour, il sent la liberté qu'il aime ;

Tout obstacle est brisé, son bonheur est extrême :

Il va dans quelques jours prendre enfin son essor.

Or, cet aiglon, c'est le génie ;

L'œuf dont il est enveloppé

C'est le malheur qui traverse la vie

De l'artiste pauvre, occupé

Des beaux-arts, son idolâtrie.

Implorant des secours qu'il ne peut obtenir,

A son but, malgré tout, il saura parvenir :

L'adversité le fortifie.

FABLE XIX.

—

LA VIEILLE POULE ET LE RENARD.

Dans le coin d'une bergerie,

La volaille avait son juchoir.

Je l'affirme, il suffit ; d'ailleurs on peut savoir

Que ce cas se présente en mainte métairie.

Les moutons dormaient sur la paille,

Et les poules passaient la nuit,

Sans querelle et sans bruit,

Sur quelques ais fixés à la muraille.

Pour en venir au trait que l'on m'a rapporté,

Un vieux renard, bête trop fine,

Qui faisait, à son dire, assez pauvre cuisine,

Put voir par certain trou ce gibier convoité.

Tout auprès du larron une poule est placée ;

On la peut bien flairer, y toucher n'est pas clair ;

Le cœur en bat pourtant à la bête empressée,
            Mais quoi ! par des barreaux de fer
            La fenêtre était traversée.
Nul moyen de passer. Eh ! pour le coup, rusons,
            Rusons, dit-il, la chose est bien permise,
            Dans le besoin, tous les moyens sont bons
            Pour le succès d’une entreprise.
Lors le galant se met sur son plus doux parler :
            « Ce n’est hasard ni simple promenade,
            Si vers ce lieu j’ai dû voler,
            Mais j’ai voulu te dévoiler
Le danger que tu cours, très chère camarade.
Vois ces gens avec toi dans ce lieu renfermés ;
            Ils sont moins doux qu’on ne le pense ;
Je te pourrais citer mille traits confirmés
De malheurs survenus par semblable imprudence.
            Dès demain, pour ta sûreté,
            Cherche une retraite plus sûre ;
            Quelque grange ou quelque masure
Où tu ne craindras rien de leur méchanceté.
Si je te dis ceci, c’est parce que je t’aime.
Et si tu ne me crois, redoute un mauvais tour. »
Puis, riant de côté de son beau stratagème :
« Je les tiens s’ils y vont, disait-il en lui-même,
            Et mon régal n’est remis que d’un jour.
            Que la ruse est un bien suprême ! »

La poule, aussi fine que lui,

Poule pleine d'expérience,

Ne jugeant point les gens avec cette imprudence

Qu'on voit en usage aujourd'hui,

Lui dit : « Grand merci de ta peine,

Et de tes vains propos qui nous ont étourdis,

Ces braves gens dont tu médis

Sont débonnaires, doux, sans colère et sans haine.

Nous nous connaissons tous dès nos plus jeunes ans,

Ensemble nous vivons et sans bruit et sans guerre,

Je crains bien plus les médisants,

Rien de pis, selon moi, ne s'est vu sur la terre. »

Le renard bien honteux sortit de cette affaire.

On fait ici la peinture de ceux

Que ne retint jamais la honte

D'en imposer sur le compte

De gens qui valent mieux qu'eux.

Quelque noirs qu'on vous les peigne,

Ne les jugeons pas au hasard,

Mais à leurs mœurs ayons égard :

C'est un imposteur papelard

Qu'il faut bien plûtôt que l'on craigne,

C'est aussi ce que nous enseigne

La poule et le renard.

FABLE XX.

—

LE JEUNE HOMME FOUILLANT AU PIED D'UN VOLCAN.

Un jeune curieux

Fouillait au pied d'un mont à la cime fumante,

Et d'où la lave brûlante

Jaillissait parfois vers les cieux.

On l'avait vu couvrir la terre

De cendres, de mille débris.

Ses flancs creux recélaient quelque secret mystère,

Et notre jeune téméraire

Voulait le savoir à tout prix.

Pour]'atteindre ce but, il travaille, il se hâte ;

Du succès, tandis qu'il se flatte,

Chacun l'invite à réfléchir un peu.

« Vous pouvez payer cher, dit-on, votre folie,

Car sous vos pieds sont des gouffres de feu :

Cette montagne en est remplie.

Gardez-vous bien de creuser trop avant,

De crainte que sous vous le sol ne s'entr'ouvrant

Vous n'ailliez dans son sein terminer votre vie. »

Quoi qu'on lui dit, il ne l'écouta pas,

Mais il se vit bientôt, imprudente victime,

La voûte tout-à-coup s'écroulant sous ses pas,
Rouler jusqu'au fond de l'abîme.

Tout ici-bas a ses secrets,
N'imitons pas ces esprits inquiets
Qui, de songes en l'air, aiment à se repaître ;
L'ardeur d'approfondir peut n'être qu'un poison,
Que de docteurs ont noyé leur raison
Par un désir trop ardent de connaître.

FABLE XXI.

LE DOGUE, UN JEUNE ÉPAGNEUL ET SA MÈRE.

Un fort jeune épagneul jouait avec sa mère
Sans bruit, sans fâcheux incident :
Cette race n'est point colère,-
Ce ne sont point de ces gens impudents
Qui ne font rien à main légère ;
On jouait de la patte et l'on jouait des dents,
Mais tout était caresse et grande chère.
Un grand mâtin vint à passer,
Être hargneux, chérissant la discorde ;
Moustache, l'épagneul, tout confiant l'aborde
Et s'apprête à le caresser.

Quoi ! caresser Rageau, qui n'aime qu'à vexer

Et qui ne rit point qu'il ne morde !

Pauvre épagneul ! tu te feras rincer.

Soudain le jeu pourtant s'engage,

On s'aborde, on se fuit ; on saute, on s'envisage,

Et d'abord,

Aux premiers coups que Rageau lui dégage,

Moustache sent assez qu'il n'est pas le plus fort.

Dès lors moins de confiance,

Et, dans son appréhension,

Il recule si l'autre avance,

S'abstient de toute agression.

Puis pour plaire

A son adversaire,

Au moindre coup qu'il reçoit,

Moustache se roule à terre,

Moustache fait si bien, qu'il croit

A la fureur de Rageau se soustraire.

Point ; le malheur voulut qu'en jouant du jarret,

Sur le dos, tandis qu'il gambade,

De son ergot, notre épagneul follet

Poche l'œil de son camarade.

C'était sans le vouloir, hélas ! qu'il l'avait fait.

L'autre pourtant bondit ; sa rage éclate ;

Et voilà maître Rageau,

D'un coup de dent, d'un coup de patte,

Qui roule l'épagneul au milieu du ruisseau.

A ses cris de détresse

Arrive un autre grand mâtin,

Et l'épagneul que Rageau laisse

Fuit, en se secouant, vers sa mère, grand train.

« Mère, vois la hardiesse

De ce brutal qui vient jusque chez nous

Insulter à notre faiblesse ;

Mais, Dieu merci, ses coups

Vont avoir prompte récompense ;

A son aise il m'a maltraité,

Mais de son incivilité,

Celui-ci va tirer vengeance. »

Pauvre épagneul, tu te trompais,

Le combat dont tu te flattais

Est bon de seigneur à canaille,

Mais il ne se livra jamais

Entre des gens de même taille.

Aussi nos chiens, d'abord se menaçant,

S'en vont tous deux sans se livrer bataille,

En jouant et se caressant.

Qu'un grand, par intérêt ou par quelque caprice,

Avec un pauvre ait différend,

C'est ainsi qu'on punit le grand

Et qu'à l'autre l'on rend justice.

FABLE XXIe.

UN ROI ET DES COURTISANS.

J'ai lu quelque part qu'un grand roi....
— Il faut bien qu'on le reconnaisse,
Les rois jadis avaient plus de sagesse
Que de nos jours, ma fable en fera foi. —
J'ai donc lu, dis-je, qu'une Altesse,
D'un ministre ayant eu besoin,
Avait l'esprit sans cesse occupé de ce soin.
A qui faut-il donner la préférence ?
Se disait-il, je veux prendre un homme de bien,
D'un esprit droit, sincère, enclin à la clémence,
Surtout d'une main pure au point de la finance,
Qui choisir ? Notre prince, hélas! n'en savait rien;
Mais il s'avisa d'un moyen
Que vous allez, je crois, trouver plein de prudence.
Un jour dans ses jardins le roi se promenait;
Trois courtisans formaient sa suite,
Trois que l'ambition plutôt que le mérite
Au ministère destinait.
Alors sur ce chapitre on était sans pudeur;
Un fat, un dameret, enfin le moindre cuistre

Prétendait au rang de ministre,

Avait l'ambition d'être appelé *Grandeur.*

Autrement aujourd'hui la chose s'administre,

Le faquin sait au moins modérer son ardeur,

Se tenir à sa place;

Et, content d'un petit emploi,

Ne point importuner son roi

Pour un titre qui sert bien moins qu'il n'embarrasse.

Bref, en se promenant,

En parlant, raisonnant,

Le monarque et sa suite

Se trouvent tout auprès d'un jeune arbre fruitier;

C'était, je crois même, un prunier,

Il n'importe, d'ailleurs, du prince la conduite

Doit nous occuper seule en cette occasion.

L'arbre n'était greffé, mais à profusion

Portait des fruits d'une assez pauvre espèce,

Fruits arides, chétifs et durs;

On sait que ces produits sont sans délicatesse,

Encor qu'ils nous paraissent mûrs.

Le prince le savait, il en goûte lui-même:

« Voilà, dit-il, des fruits que j'aime,

Voyez, qu'en pensez-vous? » Lors un des courtisans:

« Ils sont d'une douceur extrême,

Frais au palais et bienfaisants;

J'en tiens l'espèce incomparable. »

Ce flagorneur entendait bien
Plaire à Sa Majesté par ce fade moyen :
Ce propos lui parut aussi fort agréable.
Et mon flatteur de renchérir
D'une étrange manière
Sur la louange première,
D'éloges il semblait ne devoir point tarir,
Si le roi l'avait laissé faire.
Il eût aux fruits, hâbleur audacieux,
Trouvé plutôt une origine
Toute divine :
Le roi méritait bien un tel présent des cieux.
Tel fut l'avis de ce jongleur étrange.
Mais, soit humeur ou bien rivalité,
Ou soit encore vanité,
L'autre voulut à sa louange
Mêler un peu de nouveauté.
Donc, le second, sur ce point consulté,
Donne au roi son avis qu'en ces mots il résume :
« Ces fruits sont, en effet, tendres et délicats,
Mais ils me plairaient mieux si je n'y trouvais pas
Un fort goût d'amertume. »
Le roi de cet avis parut faire grand cas.
Au troisième enfin il ordonne
De dire aussi son goût,
Et surtout

D'être sincère. « Je m'étonne

De la méprise où sont tombés vos sens ;

Que Votre Majesté, lui dit-il, me pardonne

Mais j'aurai sur ce point des goûts tout différents.

Ces fruits sont mauvais, durs, acides ;

Il faut, pour en manger,

Des gourmands fort avides,

Ou des gens que la faim aurait fait enrager. »

Le prince rit de sa franchise ;

Etant rentré chez lui pour en délibérer :

C'est avoir trop longtemps entre eux l'âme indécise,

Je sais celui que je dois préférer.

Le premier à flatter met toute son étude,

Il n'est point près des rois plus funestes défauts ;

Pour le second, qui fait le prude,

Il est sans jugement, il a le goût très faux.

Loin de ma cour l'erreur et l'artifice ;

Seul le troisième a la sincérité,

Et je le prends à mon service :

Tel est le fait par un brame conté.

Cette décision m'a toujours paru sage.

Tous penseront-ils comme moi ?

Mes chers amis, je ne sais pas quel âge

Ni quel pays vit régner un tel roi :

Il suffit qu'il en soit parlé dans cette fable.

Si le fait en est contestable,

> Ce qui n'est pas douteux,
> C'est qu'envers la vertu, justes et généreux,
> S'ils faisaient du pouvoir un usage semblable,
> Les rois seraient bénis et les peuples heureux.

FABLE XXIII.

—

DES ENFANTS DANS LEURS JEUX.

> De jeunes enfants s'amusaient,
> Et dans leurs jeux (l'enfance est ingénue),
> Ces petits bambins se disaient,
> Selon la charge à chacun d'eux échue,
> Celui-ci grand seigneur, d'autres imans et rois,
> Popes enfin, comme on vit autrefois,
> En pareille cérémonie,
> Le pieux auteur d'Athalie
> Se faire porte-croix.
> Avec bruit et force paroles,
> On se distribuait les rôles,
> C'était à qui se verrait le premier ;
> Du poste le plus honorable,
> On apaisait le plus entier,
> Souvent le plus altier.
> Chose incroyable !

La grandeur n'est, dit-on, qu'un illustre embarras,
Un bambin, dans ses jeux, cependant en fait cas,
Et l'homme, sur ce point, n'est pas plus raisonnable.
Un jour le gros Guillot, nommé mufti d'abord,
  Se montrait joyeux de son sort ;
Pour telle dignité, qui serait sans envie ?
Mais, par un coup du sort facile à concevoir,
Il devint balayeur d'une humble sacristie,
Charge en tout, il est vrai, digne de son génie ;
  Il en était pourtant au désespoir,
  Et par ses cris fit rompre la partie.

Pauvres humains, c'est nous que l'on dépeint ici,
  Oui, nous dont l'orgueilleux souci
Aspire aux plus hauts rangs, au grand nom, au beau titre ;
Du nom de prince, roi, de potentat, d'arbitre,
  L'intrigant se fait décorer ;
On veut être infaillible, immortel, Dieu, que sais-je !
  Contestez lui ce privilége,
  Soudain le marmot va pleurer.

FABLE XXIV.

—

LE MOUCHERON ET L'ABEILLE.

Un insipide moucheron,

Qui prenait des airs d'importance,

Las de hanter salle et salon,

Chambre, boudoir, lieux tout pleins d'élégance

Et de magnificence,

Voulut un jour parcourir le canton ;

A travers champs le voilà qui s'élance.

Or, le premier objet,

A son regard, qui se présente,

Ce fut l'abeille diligente,

Voyageant comme lui, mais pour autre sujet.

On sait l'intérêt qui la guide ;

Cette travailleuse intrépide

A l'été ne prend nul repos ;

Elle court sur les fleurs, distillateur bien rare,

Chercher un suc qu'elle prépare

Par de mystérieux travaux.

Le parasite ailé, vivant dans l'ignorance

D'un tel labeur et de son importance,

Lui tint à peu près ce propos :

« Que faites-vous dans ces plaines sauvages ,

Parmi les gens grossiers de ces tristes villages ?

Un tel séjour doit bien vous ennuyer,

Venez en ville, je me pique

De vous y faire bien choyer,

Ainsi que votre république.

Venez en ces lieux où je vis,

Des plaisirs à milliers viendront vous y distraire ;

C'est là qu'on est heureux, et non dans ces taudis ;

C'est là qu'est du bonheur le séjour ordinaire.

Et l'abeille aussitôt : « Je suis de votre avis,

Mais il faut n'avoir rien à faire. »

FABLE XXV.

—

L'ÉGLANTIER ET LES PASSANTS.

L'épineux églantier,

Couvert de sa fleur inodore,

Fleur sans attrait, fleur incolore,

Dominait, de son front altier,

Un buisson d'épines touffues.

Passant, semblait-il dire, arrête un peu tes pas,

Considère-moi bien, vois si je ne suis pas

La plus belle des fleurs connues.

Chacun passait sans en faire aucun cas.

Il eut beau faire, il eut beau dire,

Ce que sa vanité tira de ce fracas

Fut seulement quelques éclats de rire.

Au pied de ce même buisson

Naissait l'aimable violette,

Modeste fleur vivant de toute autre façon,

Et qui, fraîche et fort gentillette,

Sans qu'elle paraisse y songer

Sait trouver le moyen de plaire :

Un exemple si salutaire

Devrait bien de l'orgueil au moins nous corriger.

Cette fleur aimable et jolie

Se tenait tapie

Dans les lieux les plus retirés ;

Par sa suave odeur, les passants attirés

La cherchaient cependant avec un œil d'envie.

L'églantier en eut jalousie :

« Aveugles humains !

Dit il, quelle est votre folie !

Je ne reçois que vos dédains,

Moi, dont la beauté pure et vive

Ornerait les plus beaux jardins,

Et vous courez après une plante chétive

Que foulent, par les champs,

Mille animaux immondes et rampants.

Ne reviendrez-vous point d'une telle méprise ?

Voyez-vous entre nous quelque comparaison ?

Suis-je moins qu'elle ? ou son égal ? — Oh ! non,

Répart quelqu'un avec franchise

A cet importun fanfaron,

Non, vous avez de plus l'orgueil que l'on méprise. »

Tels orgueilleux se rencontrent partout,

En vain d'une leçon on voudrait les instruire ;

Tandis que le mérite à peine s'y résout,

Ils ne cherchent qu'à se produire.

<hr>

FABLE XXVI.

—

UNE JEUNE AVEUGLE ET SA COMPAGNE.

Devers le retour du printemps,

Deux filles, pour leurs mœurs, couple assez camarade.

Consacraient à la promenade,

Le long d'un bois, quelques instants.

L'une des deux avait perdu la vue,

Et l'autre autour d'elle assidue

Semblait son conducteur, son fidèle gardien.

Discours trottaient, comme vous pensez bien,

Mais pas un seul mot de malice

Ne parut dans leur entretien ;

Rien contre les galants, rien contre le prochain.

Mais on s'étendait sur le vice,

Sur l'iniquité, l'injustice

Dont on flétrissait la laideur ;

De la philosophie, admirant la splendeur,

Elles en faisaient leur délice.

Egalement jeunes toutes les deux,

Toutes les deux ayant l'âme innocente

Et le cœur vertueux,

Elles étaient pourtant d'une humeur différente

Dans la discussion présente.

L'une disait : « Que le vice est honteux !

Et je m'étonne

Que l'on souffre ces gens dont le souffle empoisonne

Tout ce qui peut approcher d'eux.

Je n'ai contre eux ni colère, ni haine,

Mais en public, pour les humilier,

Je les voudrais voir châtier

De façon que longtemps leur troupe s'en souvienne. »

L'aveugle reprit à son tour :

« Oui, le vice est honteux, comme vous il m'offense,

Pourtant à le punir je veux plus de prudence,

Ou je crois que pour vice on prendra chaque jour

Ce qui n'en a que l'apparence.

— Le public vous le montre assez.

— Le public peut errer chaque fois qu'il prononce.

— Sur le front du méchant ses vices sont tracés,

Son langage, son air, tout enfin le dénonce,

Fait connaître son cœur même aux moins exercés.

— Votre raison me semble récusable,

Notre cœur est impénétrable,

Et quiconque l'accuse, il faut pour qu'il soit cru

Non un soupçon plus ou moins vraisemblable,

Mais qu'on ait touché, qu'on ait vu.

Quoi que l'homme fasse paraître,

Sur son compte il peut nous tromper ;

Le vice, à feindre parfait maître,

Sous un air de vertu sait si bien se draper

Qu'il ne s'en peut aisément reconnaître. »

L'autre se tait à ce propos,

Cueille à ses pieds de simples violettes

Dont les boutons étaient nouvellement éclos.

« Qu'est-ce là ? fit l'aveugle. — Eh ! mais, des pâquerettes

Que je ramasse. — A quelques sots,

Adressez cette répartie,

Mais à moi, non ; je sais, ma mie,

Que c'est objet plus recherché.

— Je voudrais, sur ce point, savoir qui vous éclaire ;

Vous en parlez, certes, en téméraire,

Car vous n'avez vu ni touché.

— Je n'en veux point chercher de preuves plus complètes,
Mon odorat me dit assez
Que ce n'est point ce que vous m'annoncez :
Roses ne sont en odeur plus parfaites ;
Au gracieux parfum qui s'exhale en tous lieux,
Je sens bien, sans avoir des yeux,
Que ce sont fraîches violettes. »

L'autre reprit : « La vertu se connaît
A l'odeur dont ici vous sentez la présence ;
La douceur, la bonté, la candeur, l'innocence
Répandent un parfum dont l'agréable effet
Est tel que des pervers en ont, quoique à regret,
Souvent confessé l'influence. »
Le trait était pressant,
A l'aveugle il fallut se rendre ;
La fable en eut l'honneur, son art est si puissant
Que nul ne saurait s'en défendre.

FABLE XXVII.

—

L'ENFANT ET SA POUPÉE.

Marie avait une poupée.
Elle en était tous les jours occupée,
C'était son trésor, son seul bien ;

Quel courroux ne fut pas le sien,
En la trouvant un jour toute écloppée.
Quelques pervers jaloux ou mécontents,
Le service ou le temps
Avaient pu causer ce dommage ;
Vive de son tempérament,
Marie aussi fait tapage,
Et menaçait chacun inconsidérément.
Une bonne fort charitable
Du jouet cherche à s'emparer
Afin de réparer
Le détriment notable
Qui fait l'enfant pleurer
Et la rend presque inconsolable.
Mais elle vit bientôt beau jeu ;
Notre jeune inconsidérée,
Croyant la ruine assurée
De l'objet qui la met en feu,
S'élance à l'instant sur sa bonne
Et la maltraite en redoublant ses cris ;
L'autre, sage et douce personne,
La calme, la rassure et même lui pardonne
Pour la payer de son mépris.

Ce bruit et cet excès, cette enfant éplorée,
C'est l'homme pour sa vérité ;
Il l'aime, il la chérit, pure ou bien altérée,

Reposant sur le droit ou sur l'iniquité.

Qu'un sage, un homme de génie,

Pour la rectifier ose y porter la main,

Contre lui des peuples soudain

Vont se soulever en furie.

FABLE XXVIII.

L'HOMME, LE TIGRE ET LE CHAMEAU.

Jadis un traficant revenant de l'Asie,

Dans un désert brûlant, sans pâture et sans eau,

Vit ses mules tomber sous le poids du fardeau ;

Il restait stupéfait et la mine ébahie,

Quand un tigre arriva sur les pas d'un chameau.

Ils allaient tous les deux au roi de la contrée

Faire leur cour et porter des présents ;

Notre homme leur conta ses déplaisirs cuisants

De la voix la plus éplorée.

Et, tremblant de peur pour ses jours

(Ce que l'on comprendra, je pense),

Il demande leur assistance,

Promettant, pour quelques secours,

De faire large récompense.

A ces mots,

Le ruminant, touché des malheurs de cet homme,

S'agenouille, prête son dos

Pour recevoir le plus fort de la somme.

Il avait des paquets à peu près les trois quarts,

Quant à la fin se mit à dire

Le marchand qui faisait les parts :

« A celui-ci ce fardeau doit suffire,

Compère, à votre tour, allons, approchez-vous,

Nous porterons assez le reste.

— Moi ! dit le tigre, en entrant en courroux,

Vous servir de baudet ! me plier à vos goûts !... »

Un mouvement de plus, un seul mot, un seul geste,

Et la fureur de cet être hargneux

Allait être funeste

Au marchand qu'il coupait en deux.

Mais l'homme est fin, il sait jouer d'adresse,

Celui-ci se remit et dit avec douceur :

« Monseigneur, j'ai regret que ce propos vous blesse,

Je ne m'en doutais pas, pardonnez mon erreur ;

Gardez bien que votre Grandeur

A porter fardeau ne s'abaisse.

Bon pour ce malheureux, il doit nous soulager,

Nous obéir, nous servir, nous complaire ;

Continuons à lui charger

Les bagages restés par terre. »

On charge, on charge encore, enfin on charge tout

Sur le dos inégal du pauvre dromadaire ;
Et le marchand, railleur de mauvais goût,
En voyant cette charge énorme,
Disait : « Voyez, il n'en est que moins laid,
Deux bosses le rendaient mal fait,
Une seule lui reste, il en est moins difforme. »
Puis en marchant, comme s'il fatiguait,
Au tigre qui l'accompagnait :
« Monseigneur, disait-il, se lasse,
Donnez, donnez votre paquet,
On lui peut trouver une place.
Que chameau porte tout, il n'en coûte pas plus. »
Le pauvret cependant en gémit de fatigue,
Puis, si d'aller bon pas il fait quelque refus,
Coups de bâton sont ce qu'on lui prodigue ;
Nos deux larrons enfin grimpent encor dessus.
Sous ce fardeau, d'un pas lent et docile,
Le chameau s'avançait tranquille,
Sans plainte, reproche ni bruit.
De son destin que l'on ne rie,
Il nous fait voir où, dans la vie,
Le trop de bonté nous conduit.

C'est, en effet, un des défauts de l'homme,
Il outrage à plaisir le probe citoyen ;
Il lui met sur le dos double bât, double somme,
Tandis que le méchant, il ne le gêne en rien.

A vexer la bonté le monde se délecte,

On ménage l'esprit dur, maussade, brutal ;

Soyez bœuf ou coursier, on vous traite fort mal,

    Faites-vous tigre, on vous respecte.

FABLE XXIX.

—

LE LAPIDAIRE ET LE DIAMANT

    Autrefois certain lapidaire

(On n'était pas fort habile en ce temps),

    Voulait polir des diamants ;

Pour la première fois il cherchait à le faire,

    Sans trop savoir quels instruments

    Il lui fallait pour cette affaire.

D'abord le fer, le minerai, l'acier,

    Et tout corps dur qui se présente,

    La lime criarde et mordante,

    Outil encor simple et grossier,

Mais servant à polir déjà certain ouvrage,

    Tout enfin est mis en usage,

Sans que le diamant semble s'en soucier.

    Loin d'en diminuer la masse,

    De le polir, le transformer,

Tous ces objets brisés à sa surface

Ne purent jamais l'entamer.

Le malencontreux lapidaire,

Peu satisfait de son succès,

Jetait là ses outils, détestait ses projets,

Tout prêt à se mettre en colère.

Le diamant lui dit pour le désabuser :

« Bien vainement ta patience songe,

Qu'aucun de ces objets ou m'attaque ou me ronge :

C'est perdre temps que de l'y amuser ;

Ma dureté, tu le vois, est extrême ;

Pour me polir, me réduire ou m'user,

Il n'est ici-bas que moi-même. »

Or, ce diamant c'est la foi,

Qui ne craint, lecteur, croyez-moi,

Epreuves ni combats, piéges ni violence ;

De cent rois conjurés, les efforts, la puissance

Contre elle viendraient se briser,

Mais c'est abus surtout d'y vouloir opposer

Une insipide indifférence.

LE BATELEUR SUR SES TRÉTEAUX.

Un bateleur, grimpé sur ses tréteaux,
Faisait de son talent le plus pompeux éloge :
« Entrez, s'écriait-il, et soudain, dans ma loge,
        Vous verrez les tours les plus beaux.
    Monsieur Guibolle, habile funambule,
Sur la corde ou le fer, adroit, souple, dispos,
        Sans balancier danse en sabots,
Fait des sauts de six pieds, avance, puis recule,
S'y soutient à plat ventre ou couché sur le dos. »
        Que de charlatans à la ronde
        Vont exerçant dans le grand monde
Et ne font pas si bien avec plus d'attirail.
    Nul n'avait pu surpasser son travail ;
        Il en disait mille merveilles
        Dont, par égard pour vos oreilles,
Je m'en vais, chers lecteurs, abréger le détail.
Pour deux sous on voyait la pièce merveilleuse,
    Et des badauds la foule curieuse,
        Pour ses deux sous, en foule entrait ;
Un long flot de niais s'y suivaient à la trace,

Et, de ceux qui dedans ne pouvaient trouver place,

En un instant la loge regorgeait.

Là, dans un vieux costume et pipant l'élégance,

Le jongleur paraissait et commençait la danse

Sur une corde et des appuis pourris ;

On frémissait de sa rare imprudence :

Il travaillait à trop bas prix,

Pour changer plus souvent d'instrument, d'ordonnance.

« Cieux ! il va se rompre le cou,

S'écriait la foule effrayée ;

L'ais où sa corde est appuyée

Peut rompre sous ce fou

Qui va tomber, hélas ! sans pouls et sans haleine. »

— Laissez, laissez, votre frayeur est vaine,

Disait-il en sautant toujours ;

« Sur ces tréteaux, j'ai fait dix mille tours

Sans qu'il me soit arrivé nulle peine. »

Il dit, puis au même moment

La corde rompt, et notre pauvre sire

S'en va baiser la terre assez brutalement,

Se relève bien doucement,

Fort mal en train de rire.

Combien risquent ainsi de se rompre le cou !
— Ils ont tort, dira-t-on. — C'est une erreur profonde,
Au public peu croyant, pour tirer quelque sou,
Chacun saute, ma foi, comme il peut dans ce monde.

—

LE LION QUI SE CHOISIT UNE COUR.

Autrefois le lion, en qualité de sire,

Voulut se choisir une cour ;

Il le fait annoncer et rassemble en un jour

Tous les sujets de son empire.

La panthère, le tigre aux diverses couleurs,

Le chacal et le loup, animaux de rapine,

Douce gazelle leur voisine,

Le bœuf et le coursier, excellents serviteurs.

Bref, tous les animaux connus de quelque marque,

Parmi les grands ou les petits,

Furent par message avertis

De comparaître aux pieds de leur monarque.

Tous vinrent aussitôt du désert et des bois.

Je veux, leur dit alors Sa Majesté royale,

De ma cour entre vous partager les emplois ;

Point de brigues, point de cabales,

A la seule vertu j'entends donner le choix.

« Ça, dit-il au coursier, voyons, que sais-tu faire ?

— Je peux traîner, labourer et porter,

Hardi dans le péril, le braver, l'affronter,

Vous servir, en un mot, dans la paix, dans la guerre.
Pour ce je ne coûterai guère ;
D'herbe et de foin je sais me contenter,
Et l'eau pure me désaltère. »
Il interroge alors le dromadaire :
Celui-ci pouvait rendre à peu près mêmes soins,
Même service, et, d'ordinaire,
Il se passait encore à moins.
Ainsi parurent à la file
Tous les sujets d'humeur douce, facile,
Racontant simplement leur fait ;
Ce qu'il y paraissait de plus clair, de plus net,
C'était qu'ils coûtaient peu, rendaient encor service,
Se montraient pour leur roi capables d'amitié ;
Mais on vit mal avec trop de justice.
Aussi notre lion, d'un œil plein de malice,
A leur récit souriait de pitié.
Il fit alors parler la dévorante engeance
Vivant de chair, vivant de sang,
Troupe qui, sans égard pour la faible innocence,
Lui déchire le flanc.
« Venez, dit-il, et faites-nous connaître
Votre talent, votre savoir,
Si vous aviez quelque pouvoir,
Ce qu'il en reviendrait au croc de votre maître. »
Lors le tigre montrant ses dents,

Sa gueule, ses griffes cruelles,
Le feu qui jaillissait de ses rouges prunelles,
Répond par ces mots éloquents :
« Avec ces seules armes
J'attaque un ennemi, ne le manque jamais,
Et, sans souci de ses cris, de ses larmes,
L'emporte dans mon antre où je le mange en paix. »
Le lion, pour le coup, ne put cacher sa joie.
Il entend parler à leur tour
La panthère, le loup, le tigre, le vautour,
Tous étaient serviteurs excellents pour la proie ;
Tous promettaient au roi de vivre richement.
Un monarque, bien que clément,
Et détestant le vol et la rapine,
Peut, dans ses intérêts, quelquefois s'y ranger,
Et, quand il le peut sans danger,
Aime à faire bonne cuisine.
Bref, il les trouve au gré de son désir :
Ils n'ont point de défauts que leur vertu n'efface ;
Et, sur le champ, mon lion de choisir ;
Fait renard trésorier, léopard grand vizir,
Et, jusqu'aux plus petits, à tous trouve une place.
Puis, montrant les premiers, qui tremblaient en suspens :
« Sus à cette imbécile race,
Nous allons, leur dit-il, tous vivre à leurs dépens. »

Que de princes l'on voit à ce lion semblables !

La vertu seule a pour eux des appas ;

Ils lui vont décerner les postes honorables.....

Très-chers lecteurs, ne nous y trompons pas,

Il leur faut des gens plus capables.

FABLE XXXII.

—

LE FLEUVE ET LE TORRENT.

Un torrent, tout-à-coup grossi par un orage,

Semblait vouloir, sur son passage,

Renverser, entraîner tout ce qu'il rencontrait ;

Et, du bruit de son onde,

Peu large et peu profonde,

Le mont voisin retentissait.

De ce mont cependant qu'il descend et qu'il roule

Bourbeux et bouillonnant, rapide, impétueux,

Il rencontre un fleuve qui coule,

Large et profond, lent et majestueux.

« Pouvez-vous, lui dit-il, gourmandant sa paresse,

Etre si calme au sein de vos roseaux,

Quand l'Océan, gémissant de détresse,

Attend le secours de nos eaux,

Epuisé par la sécheresse.

Portons-lui le juste tribut

De nos services qu'il appelle ;

Je rougirais, pour moi, qu'un tel manque de zèle,

En cette occasion parût. »

Il disait et marchait toujours avec furie,

Puis au même instant il se tut :

Sa source était déjà tarie.

Pour un maître nouveau tel arrive avec feu,

Vous pousse à le servir, vous presse, vous tracasse,

Mais lui-même bientôt se lasse :

L'excès de zèle dure peu.

FABLE XXXIII.

—

L'HOMME ET LE CAMÉLÉON.

Un homme, en certaine prairie,

Agité de quelque soupçon,

Vit un jour un caméléon

Courir parmi l'herbe fleurie.

Notre homme, de s'en emparer,

Sentit en lui naître l'envie :

Il le voulut sans différer.

Pourquoi ? Qui pourrait vous le dire

Le croyait-il cause de son chagrin ?
Lui croyait-il un pouvoir surhumain
  Capable de lui nuire ?
 Ou, de son destin mécontent,
 Voulait-il passer sa colère
 Sur cet être bien innocent ?
On n'a jamais rien sû sur cette affaire.
 Ce songe-creux, esprit mal fait,
 Le poursuivait d'un pas agile.
L'autre s'y dérobait, grâce à cet art utile
 De prendre, comme il le voulait,
  La couleur de l'objet
  Sur lequel, immobile,
 Tout en fuyant il s'arrêtait.
 Son ennemi pourtant pestait.
 Avait-il la main étendue,
Prête à saisir l'animal qu'il cherchait,
 Celui-ci lui disparaissait,
 Sa peine était toujours perdue :
 D'une haine mal entendue,
L'être changeant à coup sûr s'amusait.

 Du vrai poète ainsi la muse
 Sait se transformer à propos,
 Et déjouer les vains complots
 De ses ennemis qu'elle abuse.

FABLE XXXIV.

—

UN JEUNE LOUP ET LE CHIEN.

Un loup savait par ses grands-pères
Qu'il avait un parent en certaine maison,
En certain lieu de haut renom,
Où le susdit passait des jours assez prospères,
Mêlé (suprême honneur) aux gens du plus grand ton,
Il avait déserté son pays dès l'enfance ;
On en contait mille traits assez beaux ;
Il avait fait une illustre alliance
Qui le mettait en crédit, en puissance
Au-dessus de maints hobereaux
Que nous nommerons, sans emphase,
Basse-cour ou troupeaux,
Et voilà la grandeur dont sa famille jase.
Mon louvat était jeune, il s'y connaissait peu,
Croit son grand-oncle un digne personnage ;
Il a bientôt la tête en feu,
Ne peut dormir, veut se mettre en voyage,
Pour aller saluer, respectueux neveu,
Un parent de si haut étage.
Vouloir et faire, on sait que c'est un pour les loups ;

Il n'en est point ainsi pour nous :

L'homme a mille besoins, puis il est moins agile.

Le loup voyage jour et nuit,

S'il s'arrète, il le fait dans le moindre réduit,

Trouve partout sa vie, étant peu difficile.

En un mot, sur les lieux en deux jours il se rend,

S'informe, et quelqu'un lui désigne

Son illustre parent.

C'était un grand mâtin, mais un poltron insigne,

Hargneux, brutal et violent ;

Aux faibles il ne faisait point grâce,

Et, non moins lâche qu'insolent,

A tout pauvre il donnait la chasse ;

Mais que l'on fût de taille à l'aborder en face,

Et, s'il vous attaquait, c'était en reculant.

Le loup pourtant l'aborde encore qu'avec peine :

« Qu'est devenue en vous l'ardeur de vos aïeux ?

Cette vigueur, dit-il, cette fierté hautaine,

Qui fait qu'on vous craint en tous lieux ?

Le feu ne jaillit plus de vos débiles yeux,

De griffes et de crocs vous n'avez plus l'usage ;

J'en sens pour vous un déplaisir profond,

Qui vous a pu causer un tel outrage ?

Hélas ! ce changement m'afflige et me confond. »

L'autre en s'en allant lui répond :

« C'est le sevrage. »

FABLE XXXV.

UN LOUP, LUBIN ET SON TROUPEAU.

On nous dit qu'autrefois,
Un troupeau de moutons, race peu réfractaire,
De leur maître pourtant méprisèrent les lois ;
Ce maître était Lubin ; il pleura, mais que faire ?
Il avait, disait-on, abusé de ses droits ;
On ne veut plus d'un monarque arbitraire.
Il traitait ses troupeaux avec trop de hauteur,
Il les tondait, vendait la laine,
Et, dans le fort de la chaleur,
Les laissait souvent dans la plaine.
Pour comble de malheur,
Souvent, au bout de la huitaine,
Venait un maudit écorcheur,
Un boucher à face inhumaine,.
A qui les livrait le pasteur.
De là propos trottaient, de là révolte, haine.
Tout était, disait-on, par Lubin concerté ;
Lubin était seul responsable ;
C'était un tyran détestable,
Disait ce peuple révolté.

« Nous voulons bien un roi, mais débonnaire, affable,
          Qui nous épargne et mette en sûreté. »
          On sut bientôt cette affaire à la ronde :
          Des prétendants, de tous les coins du monde,
              Venaient, ourdissaient grands débats
          Pour gouverner la gent qui ne veut pas
                Qu'on la mange ni qu'on la tonde.
                    Un loup quelque peu fin,
              Pauvre pelé qui vivait de lésine,
              Qui se couchait souvent avec sa faim,
                  Se dit en lui-même qu'enfin
          Le moment est venu de changer de cuisine,
          De faire bonne chère et de mener grand train.
          Ce maudit animal, dont la seule figure
          Naguère aurait fait fuir tout le peuple bêlant,
                  Se donne une telle tournure,
                  Prend un ton si doux, si galant,
              Voile si bien son œil étincelant,
          Qu'on veut l'entendre enfin, et notre postulant
                  Fait la plus touchante peinture
                  De son naturel excellent ;
                  Il promet, il affirme, il jure
          Qu'il sera désormais aux troupeaux bienveillant,
                  Qu'il saura, gardien vigilant,
                  Les préserver de toute injure :
                  Peu coûtera sa nourriture,

Il vivra de faine et de gland.
Nos rébelles, ravis d'une telle promesse,
Poussent des cris confus de joie et d'allégresse,
C'était à rendre sourd. Accablé de douleur,
Lubin seul, à l'écart, leur prédisait malheur,
Mais pour l'entendre, hélas ! trop grande était l'ivresse.
Mal leur en prit,
Le glouton fut bientôt las de faire carême ;
Le jeûne fort peu lui sourit ;
On sait que faine et gland ne sont pas ce qu'il aime.
Bref, il eut faim, il voulut un mouton,
Mais à choisir sur les bêtes à laine.
Il fallut bien se rendre aux désirs du glouton :
Un roi sur ses sujets eut toujours droit d'aubaine,
Et l'on souscrivit à raison
D'un mouton par quinzaine.
Ce fut bientôt trop peu ; cette bête inhumaine
En exigea deux par semaine ;
Le peuple fit quelque observation :
« Je veux, dit-il, liberté pleine
De vous dévorer tous à ma discrétion,
C'est ma volonté souveraine. »
A ces mots, de frayeur le troupeau recula,
Mais on ne dit plus rien, chacun baissa la tête.
Ah ! si Lubin eût été là,
Qui, d'un coup de son arbalète,

Eût sur le dos couché cette maudite bête,

    Ce dévorant, cet Attila,

On eût fait de ce jour un jour de grande fête.

    Où tend maintenant ce discours ?

Pour moi, je le voudrais que je ne pourrais feindre :

    J'ai peint l'avidité des cours.

Les grands, assurément, ont peine à se contraindre.

Mais de tout temps on vit et l'on verra toujours

    De leurs rois les peuples se plaindre.

POÉSIES DIVERSES.

A ma Tante Le O.

J'ai peu de temps pour vous écrire,
Chère tante, vous comprenez
Que trente blondins à conduire,
A corriger, reprendre, instruire,
Ne font pas des jours fortunés
A ceux qui causent leur martyre,
Car il est vrai qu'engeances nés,
Et chez leurs parents adonnés
Au caprice qui les inspire,
Ils sont gâtés sous leur empire,
Et point ne faut être étonnés
S'ils ne font que chercher à nuire
Aux pauvres mortels condamnés
A les tenir emprisonnés,
Soit dit sans un mot de satire.

Mais enfin arrive le jour
Où cette troupe turbulente
De la Vierge voit le retour ;
Saison à venir un peu lente,
Des écoliers la douce attente,
Car, quel agrément n'est-ce pas
De voir ces objets qu'on abhorre,
Papiers, bouquins, maudit fatras,
Confondus, jetés en un tas,
Et d'être une fois libre encore.
O jour mille fois souhaité !
Il fait beau voir sur chaque mine
Comme brille alors la gaîté

De quitter cet antre hanté
Du travail et la discipline,
Spectre affreux à la vérité
Pour une jeunesse câline
Qui, chez soi, fait sa volonté.

Tout part, on se hâte, on s'empresse.
Partez donc, frivole jeunesse,
Le plaisir vous attend partout;
Le plaisir qui seul peut distraire
L'accablant ennui, le dégoût
D'un travail pourtant nécessaire,
Facile à votre âge surtout.
Partez, et moi que déjà l'âge
A su rendre plus sérieux,
Tandis que ce peuple volage
Va perdre un temps si précieux,
Pour revenir moins studieux,
Distrait, moins docile, moins sage,
Et surtout plus capricieux;
Moi, tandis qu'on est unanime
A choyer, fêter ces bambins,
Qu'on les conduit du bal aux bains,
Aux courses qu'un vain peuple anime,
Moi, dis-je, je brode, je rime
Un croquis lestement tracé
De tous les travers de ma vie;
Ma tante, je vous le dédie,
Peut-il être mieux adressé ?

Il est à l'abri de l'envie,
Loin du faste et de la grandeur,
Un rang où l'on fuit la splendeur,
Et mène une tranquille vie.

Hommes au travail occupés,
Industrieux, sobres, dociles;
Probes surtout, cœurs bien trempés,
Bons citoyens, soldats utiles :
Tel est le portrait abrégé
Du rang où le Ciel me fit naître;
Je l'aurais fait plus allongé
Qu'on n'y pourrait mieux reconnaître
L'ouvrier pauvre et dépourvu,
Jeûnant souvent, quelquefois nu,
Et qui, de vos fêtes joyeuses,
Riches, n'a point connu le bruit,
Qui jamais sur couches soyeuses
N'eut douce ni tranquille nuit.

Mais n'attaquons pas l'opulence,
C'est un assez pauvre hochet;
Si je redoute l'indigence,
Mon cœur chérit l'aimable aisance
Dont le travail a le secret.
Et sur ce compte point de doute,
Si j'ai dû suivre une autre route,
Ce n'est pas sans quelque regret.
— J'aime cet aveu de ta bouche,
Il montre que ton cœur est bon,
Cher neveu, ton récit me touche,.
Mais dis-moi pour quelle raison
Avoir quitté hors de saison
Du bonheur la route certaine;
Quel était le fatal démon
Qui te retenait dans sa chaîne.
— Ce farfadet, ce sombre esprit
(C'en fut un, je veux bien le dire)

Etait un noir démon pétri
De tout ce qu'il faut pour séduire :
Ecoutez comment il s'y prit.

Mon lutin cuivré se décrasse,
Puis ombrage son front cornu
De quelques lauriers du Parnasse,
Il s'avance, adoucit sa face,
Cache son vilain pied fourchu
Sous le brodequin de Thalie ;
Sa peau rougeâtre et mal polie,
Tout son corps maufait et velu
Est couvert d'une robe blanche
Qu'un cordon de laine tordu
Retient au-dessus de sa hanche :
On eût dit un moine tondu.
Quelle finesse ! quelle ruse !
Dans ce modeste accoutrement,
Et sous les dehors d'une muse,
Cet immonde esprit, doucement,
Dans un songe, subtilement,
S'approche, me parle, m'abuse.
Cependant ses premiers discours
Me trouvèrent sans confiance,
Et, dès sa première séance,
Sans prendre avec lui de détours,
Je renvoyai Son Excellence
D'un signe saint aux noirs séjours.
Mais il revint, revint toujours,
Me fit voir, partout sur la scène,
Le monde applaudir à mes vers,
S'arracher les fruits de ma veine,
Les colporter dans l'univers.

Quelle folie était la mienne !
Enfin, j'écoutai ce flatteur,
J'échangeai contre la douceur
D'une utile et paisible vie
Le douteux éclat que l'envie
Nie au froid versificateur.
Pourtant mon âme, peu charmée
D'un peu d'encens et de fumée,
Puisqu'il faut vous ouvrir mon cœur,
Dans ce que je fis, pour moteur,
N'eut point la vaine renommée,
Je n'enviai point la grandeur ;
La honte plutôt d'être un âne,
Puis, par le plaisir alléché
De cadencer un vers profane,
Ma tante, voilà mon péché,
Dictez la loi qui me condamne.
— Non, non, loin de te condamner,
Je veux excuser ta faiblesse ;
Mais j'eus regret, je le confesse,
De voir mon neveu s'obstiner
Dans un parti dont sa sagesse
Aurait bien dû le détourner.
— Eh ! vous dites vrai, mais que faire ?
Pouvais-je, sombre, atrabilaire,
Ouvrier morose et rêveur,
Souffrir un emploi mercenaire ?
Est-ce fortune ou défaveur ?
Je n'en sens pas bien l'évidence,
Mais mon esprit travaille, pense,
Défait, refait incessamment,
Tandis que l'ouvrier, machine,

Comme la brute qui rumine,
Fait mouvoir son corps seulement.
Pouvais-je, au fond d'une boutique,
Avec mon maintien compassé,
Porter mon air embarrassé,
Quitte à passer pour lunatique ?

Non, ce n'était pas là mon fait,
Je devais changer de carrière,
Quelque à craindre qu'en fût l'effet :
Il faut, pour le nier, de fait,
Fermer les yeux à la lumière.

Aussi, désertant l'atelier,
Bientôt sur les bancs de l'école,
Je combattis pour le laurier
Qui, du cœur d'un jeune écolier,
Fut toujours l'amour et l'idole.
Quels travaux j'avais entrepris !
Il fallait force et patience ;
Je tâchai d'orner mes esprits
De quelques lambeaux de science,
J'eus de plus en plus confiance,
Surtout du jour où je compris
Que du bourbier de l'ignorance
S'affermissait le sol mouvant,
Et que, pour devenir savant,
Il ne faut que persévérance.
Des premiers succès remportés,
Beaucoup se seraient contentés,
Déjà c'était assez de peine ;
Mais ce fut trop peu pour ma veine,
Et bientôt, des sommets vantés,
De l'Hélicon et du Parnasse,

Pégase excitant mon audace,
Lui-même à la fin me promet
De me faire, à travers l'espace,
Faire le glorieux trajet.
Or, c'était là le difficile :
Ce coursier fougueux, indocile,
Pour un qu'il transporte au sommet,
En tue en chemin plus de mille.
Ou, pour vous le dire autrement,
J'essayai d'ajuster la rime
Au bout du vers qui mollement
Coule de source et savamment
Peint par des sons ce qu'il exprime.

Du talent d'un jeune affadi
Un si beau projet serait digne,
Mais c'est à nous un peu hardi
De nous mettre sur même ligne.
Un blondin peut être applaudi
Sans avoir la faveur insigne
D'être des neuf Sœurs enhardi
A tenter l'abord du Permesse,
Sans ressentir la douce ivresse
Dont Phébus, le dieu des beaux vers,
Sait féconder la sécheresse
Des esprits les plus de travers.
Conseils, fortune, tout abonde
A ces beaux et jeunes penseurs ;
Ils ont le feuilleton qui fronde
Leurs rivaux, dangereux censeurs ;
Ils ont le temps qui tout féconde,
Et comme faveur sans seconde,
Préférable aux dons des neuf Sœurs,

Ils ont la claque du grand monde.
Et, pour soutenir en chemin
Les pas de leur muse timide,
Ils trouvent qui lui tend la main,
Lui donne, pour soutien, pour guide,
Ces auteurs qu'en son cabinet,
A grands frais, le savant entasse,
Où l'esprit s'instruit, se délasse,
Et quiconque ne les connaît,
N'eût-il qu'à rimer un sonnet,
C'est bien en vain qu'il se tracasse.

Mais moi, pauvre déshérité
Qui ne sais ici-bas personne
Qui me protége ou me patronne,
Cieux ! quel projet j'ai concerté.
Permettez, je m'en vais vous faire
De mes livres, par le plus fin,
En cet endroit-ci le sommaire.
Et d'abord parlons du latin :
J'ai Cornelius et Justin,
Virgile, Horace, de Le Maire ;
Perse et le fameux Juvénal ;
En français, contes de Voltaire,
Esprit railleur, mais inégal ;
Boileau, l'histoire littéraire
De Nisard. Pour former mon goût,
Voilà le trésor où je puise,
Et s'il est rien que je déguise,
Un mot encor, ce sera tout.
J'ai, dans cette triste manie
Dont je suis si fort tourmenté,
Peu de temps, de tranquillité,
Et la bourse fort mal garnie.

Voilà, pour vous le dire net,
Mon appui, mon bien, mon bagage,
Pour entreprendre le voyage
Du Parnasse au double sommet.

Oh! si nous étions dans cet âge
Où l'on payait d'un triolet,
D'une ballade ou d'un sonnet,
Un an d'une paisible vie ;
Où, pour quelques badins propos
Contre les jaloux ou les sots,
Au seuil de la châtellenie,
La muse trouvait le repos,
Toujours bien vêtue et nourrie ;
Oui, certes, dans ces temps exquis,
J'eusse aussi fait quelque merveille ;
Mais dans ce siècle où je naquis,
L'intérêt seul s'agite, veille ;
Plus de seigneurs, plus de marquis,
Apollon est mort ou sommeille ;
La richesse ferme l'oreille
Aux vains discours des érudits
Qui gémissent dans leurs taudis,
Et c'est tout le prix de leur veille.

Si du moins je savais encor
Flatter, dans ma docte souplesse,
L'impiété de la jeunesse,
Mes vers vaudraient leur pesant d'or ;
Mais on hait bientôt la rudesse
D'une lyre dont les accords
Ne chantent jamais que sagesse ;
D'un poète dont la rudesse
Va jusqu'à donner des remords

A qui prendrait une maîtresse.
Qu'on goûte bien mieux les leçons
D'une muse aimable et polie
Qui sait, décemment avilie,
Se plier de mille façons,
Ici dévote, ailleurs impie ;
Prenons tous les airs, tous les tons,
Et nommant aimable folie
Les désordres des grands salons.
Cent fois la preuve fut fournie
De cette allégresse infinie
Qu'ont, par la grâce de leurs sons,
Fait de petits vers polissons
Parmi la bonne compagnie.

Arouet jadis l'essaya,
Arouet eut un sort prospère,
Et reçut parfois bon salaire
Du vice qu'il sanctifia.
De plus, le Dieu qu'il bégaya
Etait si clément, si bon père,
Qu'il voyait tout, laissait tout faire,
Se souciant peu des humains,
Si l'homme de bien sut lui plaire,
Il aima fort les libertins.
En suivant de si beaux chemins,
Sous le noble nom de Voltaire,
Arouet eut d'heureux destins
Et rendit son nom populaire.

Mais un censeur à l'œil sévère,
Qui vient, sur un ton doctoral,
Au vice déclarer la guerre,
Et sur lui, terrible adversaire,

Lève toujours un bras brutal,
Ira mourir à l'hôpital,
Et c'est ce qu'il me faudra faire.

Voilà sans doute un triste sort,
Me direz-vous, ma chère tante.
Quoi ! vous en êtes peu contente ?
Vous n'avez peut-être pas tort.
Mais j'ai beau leur fermer la porte,
Vers, rimes, toute leur escorte,
Dans ma tête entrent à foison ;
En vain j'oppose la raison,
Et la nature est la plus forte.
Puis enfin nous nous unissons,
Moi, le démon qui me domine ;
A mon sort je me détermine,
Mais, pour aujourd'hui, finissons.

⁂

STANCES

SUR LA GUERRE PRÉSENTE EN ORIENT.

Mai 1854.

Tels que l'oiseau superbe aux prunelles de flamme
Qui du haut des rochers fond sur l'autour infâme,
Combat, chasse un rival rapace, audacieux ;
Puis, planant satisfait au-dessus de la nue,
Contemple la vaste étendue
De cet opime état qui délecte ses yeux ;

Tels on a vu, couverts d'une noble poussière,
Les rois européens défendre la frontière
De l'état à leurs soins légué par leurs aïeux ;
Par d'injustes rivaux, leur audace forcée,
     Vengeant la patrie offensée,
Attestait de son droit et la terre et les cieux.

Mais enfin, revenus à des mœurs plus paisibles,
Détestant du passé les coutumes nuisibles,
Les peuples, des combats repoussent les hasards ;
Retenant dans leurs mains la foudre et le tonnerre,
     Les rois ont consolé la terre.
Tout prospère aujourd'hui, la culture et les arts.

Mais quoi ! tout va changer ; l'Europe est en alarme ;
On hésite, l'on craint ; on se consulte, on arme,
Un formidable cri sème au loin la terreur ;
La discorde farouche, aux enfers enchaînée,
     Vient de reparaître acharnée,
Et va dans les combats signaler sa fureur.

Les peuples, délivrés de l'horrible déesse,
Voyaient briller les arts, le travail, la richesse,
Mais à sa voix le Nord met l'Europe en émoi ;
Où croissaient les moissons, comme un affreux orage,
     Passif instrument de carnage,
Va passer le soldat pour le plaisir d'un roi.

Un barbare orgueilleux, un infidèle scythe
Qui tient dans ses états son vouloir pour limite,
Et d'un sceptre de fer écrase ses sujets,
A son gré d'un voisin recule la frontière,
     Et croit encor l'Europe entière
Faible assez pour souffrir ces indignes projets.

Non, non, n'espère pas une telle indulgence;
Mais ces peuples contraints dont la folle imprudence
Va dévaster les biens et préparer le deuil,
Du fond de leurs tombeaux, du sein de leur misère,
        D'un fléau qui les désespère
N'accuseront jamais que ton superbe orgueil.

Eh quoi! rien ne saurait arrêter ton audace,
Vois voler contre toi, vois cette noble race
Qui mit seule à ses pieds ton étendard sanglant;
C'est le sang de nos preux, ils auront leur vaillance,
        Ces braves enfants de la France
Sont les fils des héros d'Eylau, de Friedland.

Mais l'intérêt sacré du faible qu'on opprime
Touche aussi nos voisins, comme nous les anime :
Vois se couvrir les mers des voiles d'Albion ;
Vois ses joyeux soldats, enflammés de courage,
        De leurs cris saluer la plage
Qui gémit sous le poids de ton ambition.

Oh! tu comptais toujours maintenir désunies
Deux puissances longtemps rivales, ennemies,
Nobles fils de Neptune et favoris de Mars ;
Mais non, l'équité seule aujourd'hui les inspire;
        Et le monde qui les admire
Va voir au même rang briller leurs étendards.

Marchez, Anglais, Français, unissez vos bannières;
Que de leurs missions elles se montrent fières :
Il est beau de pouvoir secourir le malheur ;
Du destin des combats méprisez le caprice,
        Vous avez pour vous la justice,
Et l'univers connaît votre rare valeur.

Eh ! que vous fait, à vous, la froide indifférence
De ces timides rois, sans nom, sans influence,
Que le moindre ennemi seul peut mettre aux abois ;
C'est à vous de montrer, puissances invincibles,
     Que vos cœurs sont inaccessibles
Aux projets qui du faible osent frustrer les droits.

Du poids de vos vaisseaux deux mers sont accablées ;
Au bruit sourd de l'airain, soudainement troublées,
Elles tremblent de voir leurs détroits occupés ;
La Baltique en frémit, et l'Euxin redoutable
     Mugit sous la main qui l'accable,
Et tient de toutes parts ses ports enveloppés.

Le Danube, indigné d'une chaîne étrangère
Et contraint de subir une loi passagère,
Nous voit avec bonheur de ses bords approcher ;
Nos paisibles soldats, dispersés sur ses rives,
     Pour en chasser des hordes oppressives,
Attendent en repos le signal de marcher.

Tel que, rassasié, si rien ne le rudoie,
Un superbe lion voit passer mainte proie,
Et laisse cependant reposer sa fureur ;
Tel le guerrier, docile au chef qui le commande,
     Attend que l'ordre s'en répande,
Pour semer dans les rangs le deuil et la terreur.

Mais quoi ! dans les deux camps la foudre gronde, tonne,
Nos soldats enflammés, qu'aucun péril n'étonne,
Forcent de l'ennemi les nombreux bataillons ;
La mort vole partout, partout le rang s'entrouvre
     Et le sol de débris se couvre :
Le sang de plus d'un brave a rougi les sillons.

Entendez-vous les cris d'une cour alarmée ?
Quels lugubres récits répand la renommée !
Et du czar effrayé vient troubler le repos !
Les alliés vainqueurs se sont couverts de gloire,
      Et c'est le bruit de leur victoire
Des bords de la Néva qui frappe les échos.

Monarque, c'en est fait, la résistance est vaine,
De ceux que tu comptais retenir dans ta chaîne,
Implore ton repos, c'est d'eux seuls qu'il dépend ;
Un bras puissant t'enlace et rit de ta démence :
      Ainsi, dans son contour immense,
Etouffe sa victime un énorme serpent.

Du destin des combats, imprudents coryphées,
Nous n'avons point, pour nous, recherché les trophées
Qui des peuples urbains ne sont plus la moisson ;
Toi seul nous contraignis, notre accord unanime
      Sous tes pas ouvrit un abîme :
Puisse à tout l'univers profiter la leçon !

Mais, vainqueurs ou vaincus, pour vous, braves milices,
Vous dont on accepta les généreux services,
Gardez bien de souiller l'éclat de vos lauriers ;
Soyez dans les combats audacieux, terribles,
      Ailleurs jamais repréhensibles
Des excès qu'on pardonne à des aventuriers.

N'imputez point vos maux à des peuples esclaves
Que des maîtres cruels frappent, chargent d'entraves,
Qu'avilit le malheur, que le knout fait soldats ;
Oseraient-ils pour vous montrer leur bienveillance,
      Eux qui n'ont que la préférence
De mourir sous le fouet ou bien dans les combats.

« Votre Dieu, leur dit-on, vous appelle aux frontières : »
Rien n'en sape l'autel, n'en trouble les prières ;
N'importe, pour mourir, courez remplir les rangs ;
Ah ! leur aveuglement doit faire leur excuse :
　　　Pitié ! d'un peuple qu'on abuse,
Epargnez le malheur, et frappez les tyrans.

ÉPIGRAMMES.

I.

Sur la Comète de 1853.

En août dernier, spectateurs curieux,
Divers badauds observaient la comète ;
Chacun, lisant l'avenir dans les cieux,
De l'astre errant se faisait l'interprète.
L'un y voyait la peste ou la disette,
L'autre la guerre ; un jeune dameret
Se renfermait dans un docte secret,
Quand un vieillard s'avance et se prononce :
« Messieurs, dit-il, d'un ton sage et discret,
Ce qui viendra ; voilà ce qu'elle annonce. »

II.

Teint des plus frais, taille souple, beaux yeux,
Sourire doux ; c'est la blonde Augustine,
Riche à l'excès de dons si précieux,
Ne sait la belle à quoi ce la destine.
Troupeau pourtant autour d'elle trottine....
Ce sont blondins prompts à s'émerveiller.

Désirs du cœur de là vont s'éveiller
Dans cette enfant qui cent fois se dit nôtre :
Amour, bientôt tu vas la conseiller,
Mais ne va pas lui parler pour un autre.

III.

Un préjugé contre la comédie
Rendit jadis cet art ignominieux ;
Qui s'y livrait était dès lors impie,
Et diffamait son rang et ses aïeux.
J'en ai gémi, j'en atteste les cieux,
Mais le progrès vient rassurer mon âme :
J'ai vu ce soir (en voici le programme),
Sur un théâtre à vingt sous établi,
Se pavaner beau Monsieur, grande Dame :
Décidément l'état est ennobli.

IV.

Voici le sort de ces pauvres benêts
Qu'on voit hanter les abords du Parnasse :
Mauvais rimeurs, lazzis, brocards, couplets
Pleuvent sur eux, les écrasent sur place.
Riment-ils bien ? leur mérite embarrasse ;
Ils vivent craints, dédaignés et reclus,
Et si le Ciel n'en bénissait la race,
Depuis longtemps il ne s'en verrait plus.

V.

Paris fêtait, presque avec frénésie,
Les écharpés devant Sévastopol ;
Certain cafard détestant l'industrie,
Pour tous les biens qu'elle met sur le sol,
Disait : « Ceci n'est point suspect de dol,

Tant d'enthousiasme est une preuve claire
Que le Français, des hasards de la guerre
Fera toujours le plus cher de ses soins.
— Non, mais faut-il qu'on méconnaisse un frère,
Parce qu'il a quelque membre de moins. »

VI.

Détachez-vous des faux biens de la terre,
Disait Michaut, vivant en vrai reclus.
Lui, cependant, fait excellente chère,
Et pour son compte entasse des écus.
Du doux raisin il boit les meilleurs jus,
Fait pour lui seul servir sa table ronde;
Convenons-en, sa piété profonde
Mérite bien qu'on la cite aujourd'hui :
Nul n'est, ma foi, plus retiré du monde,
Car, le brave homme, il ne vit que pour lui.

VII.

Une fillette, que sa mère
Pour trop parler souvent reprit,
Lui disait : « Je n'y peux rien faire,
Quand je le sens le mal est dit ;
J'en ai quelquefois du dépit ;
Croyez-m'en sans plus de harangue,
Mais, quelque prompt que soit l'esprit,
Ce n'est rien au prix de ma langue. »

FIN.

TABLE.

—

POÉSIES DIVERSES.

Dinan : de l'imprimerie Bazouge.